AF194793

# Das grosse Werk

## Roger Kappeler

**www.rogerkappeler.ch**
copyright 2018, Neuauflage 2024:
Roger Kappeler, Embrach (CH)


Buchbegleitung: Wortfeger Media, wortfeger.ch
Coverlayout: Wortfeger Media, wortfeger.ch
Coverbild: ©rolffimages/123rf.com
Herstellung und Verlag: BoD – Books on Demand,
Norderstedt
ISBN 978-3-7528-8743-3
auch als E-Book erhältlich.

Herstellung: BoD – Books on Demand, Norderstedt
Die Deutsche und Schweizer Nationalbibliotheken verzeichnen
diese Publikation in der Nationalbibliografie; detaillierte
bibliografische Daten sind im Internet über
www.dnb.de und www.nb.admin.ch abrufbar.

*In der Einsamkeit erblüht die Rose der Seele.*

# Vorwort: Orion

Das Sternbild Orion zählt zu den prächtigsten im ganzen Universum. Es befindet sich gerade mal schlappe 800 Lichtjährchen von unserem winzigen Planeten Erde entfernt. Ein Katzensprung, oder? Wenn unsere zurzeit noch extrem limitierte menschliche Zivilisation eines Tages in der Lage sein wird, endlich ein bisschen mehr über den eigenen Tellerrand hinauszublicken, dann werden wir nämlich erkennen, dass dies im Verhältnis tatsächlich nur ein Katzensprung ist.

Könnten unsere technischen Geräte auch nur einen Bruchteil der unzähligen Universen und Galaxien im Weltall erfassen, dann hätten wir eine ungefähre Ahnung davon, wie unvorstellbar riesig der ganze Zirkus eigentlich ist. Wir irdischen Clowns nehmen in dieser kosmischen Zirkusvorstellung bildlich gesprochen vielleicht höchstens die Rolle einer lästigen, kleinen Stechmücke ein, die irgendwo in den hinteren Sitzreihen herumsaust und alle anderen Mitgeschöpfe terrorisiert. Dennoch sind die meisten von uns witzigerweise bis zum heutigen Tag felsenfest davon überzeugt, dass unser klitzekleines Staubkörnchen Erde der einzig bewohnte Ort im Universum ist und dass wir lästigen Mücken, pardon, menschlichen Bewohner, alles über Gott und die Welt wissen. In Wirklichkeit wissen wir jedoch etwa gleich viel über die unermessliche Schöpfung wie Schnappi das Krokodil über das Programmieren eines per Matrizenmultiplikation verschlüsselten, zyklisch durchsortierten Algorithmus.

Und das ist vermutlich nicht allzu viel. Von anderen, fernen Welten und all den verschiedenen Dimensionen wollen wir jetzt lieber gar nicht erst reden.

Aber hey, das ist noch lange kein Grund, den Kopf hängen zu lassen, Freunde. Die gute Nachricht ist nämlich, dass trotz allem immer noch Hoffnung besteht. Genau aus diesem Grund wird die folgende Geschichte erzählt, um zumindest ein kleines bisschen Licht ins Dunkel zu bringen. Und falls nicht, ist es halt einfach ein weiteres, fantasievolles Abenteuer mit hoffentlich einigermassen sinnvollem Unterhaltungswert. Hmmh, was das ganze Gequatsche jetzt eigentlich genau mit Orion zu tun hat, fragt ihr euch?

Nun ja, Orion ist natürlich nicht einfach nur ein abstraktes Sternbild im Weltall, sondern es wurde wie die meisten Sternbilder nach irgendwelchen mehr oder weniger bedeutenden Figuren aus uralten Mythen und Sagen benannt. Gemäss der griechischen Mythologie handelte es sich bei Orion um einen Jäger und Krieger mit einer Bronzekeule, der als Strafe für seine Überheblichkeit von einem Skorpion getötet wurde. Man könnte fast meinen, dass dieser überhebliche Kerl, der mit seiner Keule alles und jeden platt machte, stellvertretend für die gesamte Menschheit steht. Auch wir werden eines Tages vielleicht teuer dafür bezahlen müssen, dass wir unseren einstmals so wunderschönen, reinen Planeten, ohne mit der Wimper zu zucken, respektlos ausgebeutet und buchstäblich in eine einzige, riesige Müllhalde verwandelt haben.

Wie auch immer, jedenfalls weiss unser Protagonist, dessen Künstlername ebenfalls Orion lautet und der sich als eher erfolgloser Musiker durch das derzeitige Leben schlägt, nichts von alldem. Auch von seinem *grossen Werk*, welches er noch zu vollbringen hat, weiss der Gute noch nichts. Das könnte allerdings auch daran liegen, dass seine Geschichte zuerst von irgendjemandem erzählt werden muss. Tja, und so wie es aussieht, wäre dieser jemand wohl wieder einmal ich ...

# Der Hüter der Schwelle

Orion, ein sanftmütiger Mann mittleren Alters, sass nachdenklich vor dem Kamin in seinem alten, aber dafür umso gemütlicher eingerichteten Landhaus. Vor ein paar Jahren hatte er diese romantische Villa zusammen mit ein paar Leuten quasi für ein Butterbrot gekauft. Die vormaligen Besitzer, ein älteres Ehepaar, wollten dieses etwas verwilderte Grundstück einfach irgendwie loswerden, um ihren wohlverdienten Lebensabend in einem wärmeren Land verbringen zu können.

Zu jenem Zeitpunkt sah die Zukunft für Orion und seine Rockband, die ebenfalls Orion hiess, ziemlich rosig aus. Nach der Veröffentlichung ihrer zweiten Platte stand die Gruppe kurz vor dem internationalen Durchbruch. Auf einmal waren aus diesem verrückten Haufen langhaariger Typen prominente Musiker geworden, deren Lieder praktisch jede Hausfrau im Schlaf mitträllern konnte, weil sie ständig irgendwo gespielt wurden. Doch wie das Leben manchmal so spielt, sollte diese plötzliche Erfolgswelle nur kurze Zeit andauern. Denn parallel zu Ruhm und Geld wuchs leider auch das Ego einiger Bandmitglieder, denen der Erfolg ziemlich rasch zu Kopf gestiegen war.

Getreu dem Motto *Hochmut kommt vor dem Fall* läutete dieses unreife Verhalten bereits den Anfang vom Ende einer vielversprechenden Karriere ein, die, wie schon so oft zuvor bei anderen Gruppen, an menschlichem Versagen sowie den üblichen Business-

Machtspielchen zerbrochen war.

Und nun, ein paar Jahre später, war die Band schon längst Geschichte und der ewige Traum vom umjubelten Rockstar, der nur so mit Geld um sich wirft, ausgeträumt. Dem ehrlichen und bodenständigen Lebenskünstler Orion blieb nicht viel anderes übrig, als sich irgendwie durchzuschlagen. Dies tat er hauptsächlich als bezahlter Aushilfsmusiker, Texter, Maler und dergleichen. Nebenbei kümmerte er sich um seinen Landsitz, der sich mittlerweile zu einer Art Hippie-Kommune gemausert hatte. In der *Oase Avalon*, wie sie ihre eigene kleine Welt liebevoll nannten, lebten allerlei verschiedene Menschen und Tiere friedlich miteinander, denn Platz gab es ja mehr als genug. Ausserdem konnten sie im grossen Garten ihr eigenes Gemüse anbauen, das nicht mit irgendwelchen Pestiziden vergiftet war. Auch sonst führte die bunte Truppe diverse künstlerische Projekte aller Art durch, der Kreativität waren keinerlei Grenzen gesetzt. Die in der Umgebung wohnhaften Menschen kamen immer gerne zu Besuch an diesen irgendwie magischen Ort, den alle nur *die Oase* nannten. Hier, fernab vom Trubel und lauten Getöse der oberflächlichen, konsumorientierten Welt, konnten sich die Leute wieder mit der Natur verbinden und einfach sich selber sein.

Nun, die Zeit verging, und inzwischen war Orion nicht mehr ganz so jung, um als das nächste grosse Supertalent durchgehen zu können. Aber andererseits war er auch noch nicht so alt, um bereits zum alten Eisen zu gehören. Er war schlicht und einfach an einem Punkt in seinem Leben angelangt, an dem er seinen teilweise jugendlich-naiven, ungestümen Tatendrang abgelegt und für eine ruhigere, weisere und auch naturverbundenere Lebensart eingetauscht hatte.

Als Orion immer noch in sich versunken vor dem knisternden Kaminfeuer sass und in Erinnerungen schwelgte, geschah auf einmal etwas Eigenartiges. Plötzlich verdunkelten sich seine Gedanken und sein Gemüt, so als ob irgendwelche destruktiven Kräfte mit erschreckender Macht versuchen würden, in sein ansonsten reines Bewusstsein einzudringen. Die eben noch beruhigend flackernden Flammen des Feuers zischten nun bedrohlich wie eine angriffslustige Kobra und es schien so, als würde dieses auf makabre Art lebendig gewordene Schlangennest einen schaurigen Totentanz aufführen. Orion starrte wie hypnotisiert auf dieses sich vor seinen Augen entfaltende, groteske Schauspiel und es gelang ihm nicht, den Blick von den höllisch tänzelnden Feuerschlangen abzuwenden. Eine unerklärliche, düstere Macht fesselte seine Aufmerksamkeit mit einem schweigenden, aber geradezu zwanghaften Befehl. Allmählich bildete sich aus den giftig züngelnden Flammen eine schemenhafte Gestalt heraus, die ebenso abscheulich wie faszinierend aussah.

«Meine Güte, was ist DAS denn?», murmelte Orion entsetzt vor sich hin. «Bin ich jetzt etwa vollkommen übergeschnappt, oder was?» Wie als Antwort darauf wurde ihm mit einem Mal klar, dass es sich bei diesem rötlich leuchtenden, dämonischen Ungeheuer aus Feuer um nichts anderes handelte, als um ein Symbol seiner eigenen niederen, menschlichen Natur. In dieser dunklen Teufelsfratze aus der Schattenwelt hatten sich sämtliche negativen Seiten, Ängste und sonstigen verdrängten, arglistigen Gedanken und Gefühle seines bisherigen Erdenlebens sozusagen materialisiert. Ein Anflug von Panik erfasste Orion und drohte, ihn an Ort und Stelle in den Wahnsinn zu treiben. Doch dann vernahm er wie durch ein Wunder eine leise, sanfte Stimme tief in seinem Inneren.

«Sorge dich nicht, mein Freund. Ich bin der Hüter der Schwelle – die sagenumwobene Schwelle zwischen der irdischen und geistigen Welt. Wie du unbewusst schon seit Langem spürst, hast du dich nicht für den weltlichen, sondern für den oftmals einsamen, mystischen Pfad der Weisheit entschieden. Doch wenn du dich endgültig von den irdischen Ketten lösen willst, dann musst du von nun an mit grosser Disziplin die geistigen Gesetze befolgen und manchmal auch unangenehme Prüfungen bestehen. Nur so kann das grosse Werk vollbracht werden, verstehst du das? Bist du definitiv bereit, diesem eingeschlagenen Weg ins Licht weiterhin zu folgen, was auch kommen mag?»

«Ja, ich fühle deutlich, dass ich nun bereit bin», antwortete Orion gedanklich. «Ich werde alles in meiner Macht Stehende tun, um dieses grosse Werk endlich zu vollenden, was auch immer das genau bedeuten mag.»

«Sehr gut. Wir, die Aufgestiegenen Meister, die wir die irdische Laufbahn schon alle hinter uns gelassen haben, gratulieren dir herzlich zu diesem weisen Entschluss und werden dich mit aller Kraft auf deinem bevorstehenden Weg unterstützen», fuhr die mysteriöse Stimme fort, «denn das grosse Werk zu vollenden, bedeutet nichts anderes, als den sterblichen Körper vom leidvollen Rad der Wiedergeburt zu erlösen und in die nächsthöhere Ebene der kosmischen Laufbahn aufzusteigen. Dann wirst du verstehen, was eigentlich mit der Auferstehung und dem wahren, ewigen Leben gemeint ist. Der wirkliche Einweihungsweg ist lang und mühevoll und dauert viele Leben, aber du hast schon eine grosse Strecke davon zurückgelegt. An einem bestimmten Punkt der seelischen Entwicklung muss jeder Mensch dem Hüter der Schwelle von Angesicht zu Angesicht gegenübertreten. Dabei wird er mit all den von dunklen Mächten installierten Programmen konfrontiert, die es zu transformieren gilt. Erst dann kann sich die hochschwingende, göttliche Lichtfrequenz ungestört entfalten.»

Ehe Orion noch weitere Fragen stellen konnte, verstummte die geheimnisvolle innere Stimme und brach den Dialog abrupt ab. Inzwischen war auch die hässliche Fratze aus Feuer wieder verblasst und wurde von den lodernden Flammen verzehrt, die nun wieder wie ein ganz normales Feuer im Kamin knisterten, als wäre nichts geschehen. Tief im innersten Kern seiner Seele wusste Orion unmissverständlich, dass er soeben seinem inneren Dämon begegnet war und sozusagen Frieden mit ihm geschlossen hatte. Denn diese Begegnung mit seinem ganz privaten Teufelchen, der die in vielen Jahrhunderten angesammelten niederen menschlichen Begierden, Verlockungen und sonstigen schlechten Taten symbolisiert, erwartet irgendwann jeden Menschen an der Schwelle des Übergangs. Und wenn man diesen Schattengeist nicht überwindet und all die dunklen Aspekte in lichtvolle transformiert, erhält man keinen Einlass in die nächsthöhere Welt. So einfach ist das.

Nach diesem unerwarteten Rendez-vous mit dem Hüter der Schwelle war sich Orion auf einmal bewusst, dass er sich nun definitiv auf dem geheimnisvollen Einweihungsweg befand. Und diesen Weg muss früher oder später jede Menschenseele beschreiten, die sich ernsthaft von den irdischen Fesseln der Materie lösen will, welche die Erdenbewohner schon seit Urzeiten im trostlosen Hamsterrad von Leid und Begrenzung gefangen halten. Im selben Augenblick spürte Orion ganz deutlich, wie er von zwei für ihn unsichtbaren Wesen in eine Art Lichtrüstung eingehüllt wurde, die ihn von nun an beschützen sollte. Diese strahlend weisse, reine Lichtenergie durchströmte nicht nur sämtliche Nervenbahnen und Zellen seines physischen Körpers, sondern auch seine gesamte Aura mit all den dazugehörigen, feinstofflichen Körpern. Durch diese energetische Strahlung aus hohen Schwingungen verwandelte sich sein ganzes Wesen buchstäblich in ein unüberwindbaren Schutzschild.

In einem verzweifelten Akt versuchten die dunklen Kräfte aus der niederen Astralwelt noch ein letztes Mal, einen Angriff zu starten und Orion mit allen verfügbaren Tricks in Versuchung zu führen. Doch der trübe Energieschleier, der sich seiner Seele mittels übler Einflüsterungen und schlechter Gedanken bemächtigen wollte, prallte völlig chancenlos am undurchdringlichen, feinstofflichen Schutzmantel ab, der sich soeben um seinen Körper herum gebildet hatte. Orion atmete erleichtert auf als er realisierte, dass er diesen energetischen Kampf zwischen Gut und Böse endlich gewonnen hatte. Das symbolische Teufelchen, das sich vor langer Zeit auf der einen Schulter eingenistet hatte, war nun endgültig verstummt, während das Engelchen auf der anderen Schulter nach langem Ringen die Oberhand gewonnen hatte. Jetzt, nachdem Orion den Kampf mit dem Hüter der Schwelle ausgefochten und alles bereinigt hatte, stand das Tor in die nächsthöhere Bewusstseinsebene für den angehenden Schüler des Lichtes weit offen.

# Das Planetenklangsystem

Nach dieser einschneidenden Erfahrung war für Orion nichts mehr so, wie es einmal gewesen war. Doch weil er von den anderen Menschen nicht unbedingt für verrückt erklärt werden wollte, behielt er sein kleines Abenteuer lieber für sich. Schliesslich war er auf der gesellschaftlichen Ebene ja immer noch bloss ein einfacher Musiker, der nichts mit sogenannt übersinnlichen Phänomenen zu tun hatte. Aber was gab es Schöneres für einen aufrichtigen Künstler, als sich zwischendurch vom weltlichen Leben zurückzuziehen und alle gesammelten Eindrücke im stillen Kämmerlein zu verarbeiten, um sie anschliessend in eine geeignete Kunstform zu giessen? Waren nicht auf genau diese Art und Weise schon viele Meisterwerke entstanden in der Geschichte der Menschheit?

Genau dies beabsichtigte Orion jetzt zu tun. Entspannt liess er sich in seinen bequemen Lieblingssessel fallen und schloss die Augen, um der Inspiration freien Lauf zu lassen. Wer weiss, vielleicht würde ihm ja gerade nach diesem nicht ganz alltäglichen Erlebnis irgendeine geniale Idee zufliessen, um ein neues Musikstück zu komponieren. Noch wusste er nicht, dass er, sozusagen ohne Verschnaufpause, Hals über Kopf bereits wieder in ein neues, diesmal noch aussergewöhnlicheres Abenteuer schlitterte.

Denn plötzlich, wie aus heiterem Himmel, tauchte tatsächlich eine ziemlich seltsame Eingebung in seinem Unterbewusstsein auf.

«Befasse dich mit dem Planetenklangsystem», vernahm er die wie üblich telepathische Botschaft. «Versuche, die verschiedenen Schwingungen der Planeten einzufangen und aus diesen Sphärenklängen die Melodie des Universums zu formen.»

Im ersten Moment glaubte Orion, nun komplett dem Irrsinn verfallen zu sein. Inspirationen aus höheren Welten waren ja schön und gut, aber so etwas Eigenartiges? Doch dann stiegen plötzlich formlose, schattenhafte Erinnerungen vor seinem inneren Auge auf. Aber solche altmodischen Bilder konnten unmöglich aus diesem Leben stammen. Dieser Sache wollte er unbedingt auf den Grund gehen.

Je mehr er sich entspannte und sich mental in seine innere Welt fallenliess, desto klarer kristallisierten sich diese Erinnerungen aus dem Nebel der Zeitlosigkeit. Allmählich wurden diese eben noch schemenhaften, wirren Sequenzen sehr lebendig und real. Etwa so, als würde man sich im Kino einen Film anschauen, nur um plötzlich auf magische Weise in die Handlung eingesogen zu werden und sich quasi als unbeteiligter Zuschauer mittendrin zu befinden. So etwas Ähnliches passierte gerade mit Orion und ehe er sich versah, setzte eine Art mentale Zeitreise ein, wodurch die Gesetze von Zeit und Raum so locker ausser Kraft gesetzt wurden, als würden sie gar nicht wirklich existieren.

Obschon sein irdischer Körper nach wie vor schlafend auf dem Sessel ruhte, reiste Orions Geist im Bruchteil einer Sekunde weit in die Vergangenheit zurück. Und zwar nach Frankreich, ins Jahr 1752. Wie durch Zauberhand wurde die Aufmerksamkeit von Orion in ein altes Schloss gelenkt, das sich irgendwo in der Nähe des damaligen Paris befand. Dort, im obersten Turmzimmer, sass ein älterer Mann konzentriert über einen massiven Holztisch gebeugt und studierte an irgendetwas herum. Sein langer Bart, das braune Gewand eines Gelehrten sowie seine ernsthaft-nachdenklichen Gesichtszüge liessen darauf schliessen, dass es sich um einen sehr weisen Menschen handeln musste. Gespannt wartete Orion, der für den Mann natürlich unsichtbar war, wie es nun weitergehen würde. Der riesige Holztisch war übersät mit handgeschriebenen, halbfertigen Notenblättern, uralten Büchern sowie diversen abgebrannten Kerzen. Im Hintergrund flackerte ein orange-golden schimmerndes Feuer im Kamin, das den ansonsten eher kahlen Raum in eine gemütliche Atmosphäre tauchte. Orion, beziehungsweise sein Geist, schwebte nun ganz oben an der Decke des Turmzimmers, von wo aus er die ganze Szene gut überblicken konnte. Offensichtlich war der alte Gelehrte gerade dabei, ein Lied oder vielleicht sogar eine komplette Symphonie für irgendein Orchester zu komponieren. Seine linke Hand, in welcher er eine altmodische Schreibfeder hielt, glitt elegant über die antiquarisch anmutende Pergamentrolle.

«Hmmh, welche Oktave passt hier wohl am besten, wenn doch jeder Planet mit einem anderen Frequenzklang ausgestattet ist?», murmelte er leise vor sich hin, während er sich mit der anderen Hand nachdenklich durch den Bart strich. «Ich MUSS die Urmelodie der Schöpfung einfach entschlüsseln, und wenn es meine nächsten zehn Leben in Anspruch nehmen wird, um dieses grosse Werk zu vollenden.»

Bei diesen Worten lief Orion, dem unsichtbaren

Beobachter aus der Zukunft, ein eiskalter Schauer den Rücken hinunter. Denn mit einem Schlag begriff er, was da gerade vor sich ging. Er schaute nämlich sich selber zu, beziehungsweise einer früheren Verkörperung seiner Seele. Es bestand kein Zweifel, dieser Komponist, der hier soeben dabei war, sein Meisterwerk zu vollenden, das war er selber gewesen in einem früheren Leben. Jetzt konnte er sich sogar an seinen früheren Namen sowie an seine Tätigkeit erinnern: Er hatte damals Ambroise Moreau geheissen und war nicht nur Komponist, sondern auch ein angesehener Philosoph gewesen. Zumindest war er das bis zu dem Punkt, an dem er eine ernsthafte Gefahr für die Adligen und Mächtigen des Landes darstellte, weil er sein Geheimwissen der einfachen Bevölkerung zugänglich machen wollte.

«Vermutlich ist das der Grund, weshalb ich schon seit meiner Kindheit den starken inneren Drang verspüre, mich musikalisch auszudrücken und dazu philosophische Texte zu schreiben», ging es Orion durch den Kopf. Doch bevor er noch weiter darüber nachdenken konnte, nahm die Geschichte plötzlich völlig unerwartet eine dramatische Wende. Während Ambroise Moreau in sich versunken an seinem Musikstück herumtüftelte, durchbrach ein lautes Klopfen die harmonische Stille.

«Aufmachen, sofort», brüllte eine gehässige Stimme in autoritärem Tonfall. Noch bevor der friedvolle Mann mit dem gräulichen Bart und der abgewetzten Mönchskutte reagieren konnte, hatten die Eindringlinge die unverschlossene Tür des heimeligen Musikzimmers bereits aufgemacht. Mit lautem Getöse und wichtigtuerischem Gehabe betrat ein hochrangiger Vertreter der Kirche, zusammen mit zwei bewaffneten Soldaten, den ehrwürdigen Raum.

«Ha, haben wir dich also endlich auf frischer Tat ertappt, Freundchen», rief der Beamte triumphierend, während er seinen Schergen mit einem Handzeichen andeutete, den Musikprofessor zu verhaften. «Während des Tages gibst du dich als harmloser Mönch aus, doch in der Nacht kommt deine wahre Gesinnung zum Vorschein», wetterte der Abgeordnete boshaft. «Aber nun ist es endgültig vorbei mit deinem Teufelswerk. Wir wissen genau, dass du heimlich den verbotenen Akkord verwendest, und das wird dich teuer zu stehen kommen.»

«Da täuscht ihr euch, ihr gottlosen Herren der Kirche, die ihr keine Ahnung habt vom erhabenen Planetenklangsystem. Sobald mein Magnum Opus hier fertig ist, werde ich euch beweisen, dass...»

«Gar nichts wirst du uns beweisen, du Diener des Teufels», zischte der Kirchenvertreter verächtlich, «denn dein Werk wird niemals vollendet werden ... niemals, hast du das verstanden?»

Bei diesem mächtigen Staatsmann, Kirchenvertreter und vor allem skrupellosen Schurken handelte es sich um niemand Geringeres als den berühmt-berüchtigten *Lord Erebos*. Dieser Name stammte ursprünglich aus der griechischen Mythologie und bedeutete ungefähr so viel wie *Gott der Finsternis*. Aber das wusste natürlich niemand und viele Leute hielten ihn tatsächlich für einen Vermittler Gottes auf Erden.

Orion schwebte immer noch oben an der Decke des hohen Raumes, von wo aus er das unheilige Schauspiel, das sich da gerade abspielte, mit einem mulmigen Gefühl verfolgte. Innerlich wusste er, was nun gleich passieren würde, denn schliesslich hatte er das alles damals am eigenen Leib erfahren.

«Los Männer, führt diesen Schwarzmagier ab», befahl der finstere Machtmensch Lord Erebos schadenfreudig. «Dem werden wir schon noch beibringen, wie sich ein ehrenwerter Bürger der römisch-katholischen Kirche zu verhalten hat.»

«Du meinst so wie all die ehrenwerten Bürger des Systems, die von den Mächtigen durch geschickte Unterjochung in kirchliche Regeln gezwängt und geistig in die Versklavung getrieben werden? Das wird in meinem Fall wohl eher schwierig werden», erwiderte Ambroise Moreau trocken.

Diese ketzerische Bemerkung konnte Lord Erebos natürlich nicht auf sich sitzen lassen und er bestrafte den wehrlosen alten Mann mit einem groben Schlag auf den Hinterkopf. Daraufhin wies er seine Diener an, den Staatsfeind abzuführen, der alles widerstandslos mit sich geschehen liess. Sämtliche mit Musiknoten vollgekritzelten Papiere sowie andere Dokumente wurden im Namen der Kirche beschlagnahmt. Die restlichen Bücher, die überall im ganzen Zimmer verstreut herumlagen, warfen die jungen Soldaten dümmlich grinsend ins Kaminfeuer. Die beiden fühlten sich in diesem Augenblick wie Helden, genauso wie ihr Vorgesetzter, der sein regelkonformes Verhalten allen Ernstes für politisch korrekt hielt. In Wirklichkeit war er jedoch selber nur eine Marionette des französischen Adels, der wiederum streng geheime Verträge mit der dunklen Bruderschaft des Vatikans in Rom abgeschlossen hatte.

In der Öffentlichkeit führte Frankreich nämlich gerade den sogenannten Buffonistenstreit, bei dem es um die Vorherrschaft der zeitgenössischen Oper ging. Die Frage, ob nun die konservative französische oder doch eher die progressive italienische Oper besser und einflussreicher war, erhitzte in dieser Zeit viele Gemüter. Aber diejenigen Personen, die im Hintergrund die Fäden zogen, steckten natürlich alle unter einer Decke. Dem praktisch allmächtigen Staatsapparat des Königshauses waren sowieso alle belanglosen Reibereien des Pöbels recht. Hauptsache, sie konnten in aller Ruhe ihre krummen Spielchen spielen, um die grosse Masse der wie immer nichtsahnenden Bevölkerung weiterhin zu kontrollieren. Deshalb kamen dem französischen Adelsgeschlecht aus dem Hause Bourbon solche Unruhen wie der künstlich angezettelte Buffonistenstreit ebenfalls gerade gelegen. Denn das war eine willkommene Gelegenheit, um unter irgendeinem Vorwand einige neue Gesetze zu erlassen. Und neue, strengere Gesetze benötigte die einflussreiche Dynastie der Bourbonen dringend, damit sie auch in Zukunft in sämtlichen europäischen Königshäusern ihre eigenen Monarchen und Staatsoberhäupter einschleusen konnte. Ausserdem war es in Insiderkreisen auch damals schon kein Geheimnis mehr, dass einige wenige Familienimperien über den grössten Teil des Weltkapitals verfügten und somit über Krieg und Frieden entschieden. Doch schlussendlich nützten zumindest dieser Dynastie alle möglichen politischen Rankespiele nichts. Denn am Horizont zeichnete sich bereits die Französische Revolution ab, die das Ende dieser Epoche einleitete, in welcher all die Königshäuser mit ihren weltweiten Kolonien als absolut unantastbar gegolten hatten.

Was aber hatte das alles mit dem unschuldigen Monsieur Moreau zu tun, der von der selbsternannten kirchlichen Sittenpolizei wie ein Schwerverbrecher aus seinem geliebten Turmzimmer abgeführt wurde? Nun ja, im Grunde genommen eigentlich gar nichts. Der damals sehr angesehene Philosoph und Komponist war schlicht und einfach nur ein weiteres Bauernopfer in der traurigen Geschichte der Menschheit. Denn nebenbei gab es natürlich noch unzählige andere unschuldige Menschen, die grundlos eingekerkert wurden, weil sie sich mit ihren freiheitlichen Ansichten zu weit aus dem Fenster gelehnt hatten. Auf jeden Fall hatten die Bourbonen schon lange nach einem triftigen Grund gesucht, um diesen alten Querdenker endlich aus dem Weg zu räumen. Denn in ihren Augen stellten alle Bürger eine ernsthafte Gefahr dar, die es wagten, an den bestehenden Fundamenten des Systems zu rütteln.

Wie dem auch sei, jedenfalls folgte Orion den drei Männern, die den zu Unrecht verhafteten Ambroise Moreau brutal aus seinem vertrauten Studierzimmer gezerrt hatten und die schmale Wendeltreppe hinunter zwangen. Dass er mit diesem blöden Opernstreit eigentlich rein gar nichts zu tun hatte, interessierte niemanden.

«Könnte mir bitte jemand einen einzigen rechtsgültigen Grund für diese Festnahme nennen?», fragte Moreau mit überraschend edelmütiger, gefasster Haltung, die seine geistige Überlegenheit auf subtile Weise demonstrierte.

«Du bist dem Staat und der Kirche schon seit langer Zeit ein Dorn im Auge, mein lieber Freund», säuselte Lord Erebos in absichtlich zuckersüssem Tonfall. «Oder denkst du etwa, dass wir nicht wissen, was du in deinem versifften Rattenloch da oben die ganze Zeit treibst? Erstens bist du ein Volksaufhetzer und zweitens komponierst du Musikstücke, in denen du den verbotenen Tritonus – den Teufelsintervall – verwendest. Diabolus in musica, zu Deutsch, der Teufel in der Musik, aber das weisst du ja besser als ich. Alleine schon für diese Gotteslästerung wird man dich für den Rest deines Lebens in ein hübsches dunkles Kellerverlies im Gefängnis sperren. Dort kannst du warten, bis deine Tage gezählt sind. Aber keine Angst, du wirst nicht einsam sein. Denn in diesen stinkigen Kerkern wimmelt es nur so von anderen Verbrechern deiner Art: Hexen, Ketzern und weiss der Teufel was für abscheulichem Gesindel. Wer weiss, vielleicht hast du ja Glück und kommst vorher unter die Guillotine.»

Die beiden bewaffneten Soldaten lachten dreckig, als sie ihren Chef so reden hörten, ja sie platzten fast vor Schadenfreude. Doch Moreau blieb immer noch völlig unbeeindruckt.

«Erstens ist der Tritonus kein Teufelsintervall, sondern er ist ganz normal in den diatonischen Tonleitern enthalten. Zweitens habe ich ihn noch niemals benutzt in meinen Werken. Aber was verstehen bemitleidenswerte Narren wie ihr schon von Musiktheorie? Und drittens ist ein Ketzer jemand, der mit seinen Ansichten von der offiziellen Kirchenmeinung abweicht. Welcher Mensch aber nimmt sich das Recht heraus um festzulegen, was die allgemeingültige Wahrheit ist? Ich jedenfalls bin nur Gott verpflichtet, aber sicher nicht seinem selbsternannten Bodenpersonal in der Kirche und schon gar nicht irgendwelchen verblendeten Schwachköpfen.»

Nun wurde Erebus, der hochrangige Staats- und Kirchenmann, plötzlich wütend, weil er seine intellektuelle und vor allem menschliche Unterlegenheit erkannt hatte. «Diese Märchen kannst du morgen dem Richter erzählen, du elender Volksverführer und Teufelsanbeter», schrie er so laut, dass das Echo im ganzen Treppenhaus der Burg widerhallte.

«Der Teufel steckt höchstens in den von Menschenhand gemachten Religionen», entgegnete Moreau ruhig. «Und ihr verlorenen Seelen seid nichts weiter als seine erbärmlichen Diener und merkt es nicht einmal. Aber keine Sorge, das universelle Gesetz von Ursache und Wirkung gilt für jeden einzelnen Menschen gleichermassen. Eines Tages wird das Karma, die allumfassende kosmische Gerechtigkeit, auch an eure Tür klopfen. Spätestens dann wird euch euer schäbiges Gelächter im Hals stecken bleiben.»

Orion sah noch, wie die drei Männer ihr Opfer schimpfend und verspottend in den bereitstehenden Wagen einer Pferdekutsche stiessen, dann wurde die Szenerie immer blasser und vernebelter. Schliesslich wurde er von einer unbekannten Macht wieder zurück durch Zeit und Raum in seinen irdischen Körper gezogen, der immer noch schlafend auf dem Sessel ruhte. Kurz darauf erwachte Orion mit vor Aufregung klopfendem Herzen aus dieser unglaublichen Zeitreise.

«Meine Güte, was hat DAS denn schon wieder zu

bedeuten?», krächzte er heiser vor sich hin. Seine Kehle war von diesem abenteuerlichen Ausflug völlig ausgetrocknet, aber ansonsten fühlte er sich topfit. Die antike Pergamentrolle mit der unvollendeten Symphonie über das Planetenklangsystem ging ihm jedoch nicht mehr aus dem Kopf.

«So ein Mist aber auch», dachte Orion verzweifelt, «wenn ich nur wüsste, wie ich mir das ganze Wissen wieder ins Gedächtnis rufen könnte, damit ich dieses grosse Werk fortführen und beenden könnte. Oder besteht vielleicht sogar die Möglichkeit, dass ich diese angefangenen Notenblätter irgendwo auftreiben kann? Wer weiss, vielleicht sind diese ganzen Dokumente ja irgendwo in einem Museum ausgestellt? Oder hat sie der niederträchtige Lord Erebos damals aus Rache eigenhändig verbrannt?»

Voller Tatendrang machte sich Orion sogleich daran, im Internet nach allfälligen Informationen zu suchen. Doch leider blieben seine Nachforschungen erfolglos. Er entdeckte nicht die geringste Spur von einem Hinweis. Schliesslich dachte er ernsthaft darüber nach, einfach mal ganz spontan nach Paris zu reisen, um dort sämtliche Museen abzuklappern. Aber irgendwie war auch diese Idee wohl nicht gerade das Gelbe vom Ei. «Ach, was soll's», seufzte Orion, während er gedankenverloren in die Küche schlenderte, um sich etwas Leckeres zu kochen.

# Radio Atlantis

Anschliessend begab sich Orion wie gewohnt in sein Musikzimmer, um seiner Lieblingsbeschäftigung nachzugehen. Und zwar, an irgendwelchen musikalischen Projekten zu tüfteln, von denen er stets mehrere gleichzeitig am Start hatte. Heute wollte er sich ausschliesslich einer einzigen Frage widmen: *Wie kann man überhaupt die Schwingung von Planeten einfangen und in ein Musikstück übertragen?* Intuitiv experimentierte Orion ein bisschen mit diversen Klangschalen, von denen er wusste, dass sie mit ihren Schwingungen unterschiedliche Wirkungen auf Körper, Geist und Seele ausübten. Er hatte natürlich auch schon darüber gelesen, dass man mit den Alpha- und Thetawellenschwingungen das menschliche Gehirn massgeblich beeinflussen kann. Bloss wollte ihm einfach nicht einfallen, wie er eine klangtechnische Verbindung vom menschlichen Gehirn zu den verschiedenen Planeten unseres Systems herstellen konnte.

Völlig in seiner eigenen Welt versunken, sass Orion stundenlang über den Schreibtisch gebeugt und studierte hochkonzentriert an seinem neusten Projekt herum. Genaugenommen führte er lediglich sein eigenes Werk weiter, welches er einst als französischer Komponist Ambroise Moreau begonnen, aber wegen der damaligen Obrigkeit nicht hatte vollenden können. Und nun, in einer anderen Zeit, einem anderen Land sowie in einem anderen menschlichen Körper, brütete Orion erneut über seinem grossen Werk. Wie das halt so ist, wenn eine Seele sozusagen noch offene Rechnungen aus früheren Zeiten hat und sich der Mensch deshalb, meistens auf unbewusster Ebene, von gewissen Dingen wie magnetisch angezogen fühlt.

Irgendwann jedoch fühlte sich Orion geistig dermassen erschöpft, dass er beschloss, sich für ein paar Minuten auszuruhen. Nichts ahnend trank er ein Glas Wasser, schaltete zur Entspannung das Radio ein und legte sich hin. Denn in seinem Arbeitszimmer befand sich unter anderem auch eine gemütlich weiche Matratze, die verlockend auf dem Fussboden in der Ecke lag. Aber trotz der Müdigkeit arbeitete sein Gehirn auch dann noch auf Hochtouren weiter, als er angestrengt versuchte, einfach mal für eine Weile an nichts Tiefgründiges zu denken.

«Wenn es mir irgendwie gelingen würde, durch eine Symbiose von subtilen Klangeffekten das menschliche Gehirnwellenmuster so zu beeinflussen, dass es anstelle der gewohnheitsmässig eingeschränkten Denkprozesse das ganzheitliche Gehirnpotenzial aktivieren würde», grübelte Orion auf dem Rücken liegend nach, «dann wäre ich der glücklichste Mensch auf der Welt. Ich könnte so unendlich viel Gutes für die Menschheit tun, wenn ich ihr durch meine ausgeklügelten Klangwelten ein breiteres Wahrnehmungsspektrum eröffnen könnte.»

Vor seinem inneren Auge sah er bereits die fertig gedruckten Konzertplakate, auf denen in grossen Buchstaben stand: *Jetzt auf grosser Welttournee: Orion, der einmalige Sphärenklang-Zauberer und das absolut fantastische, interplanetarisch-magische Atlantis-Symphonieorchester.* Bei diesem etwas albernen

Gedanken huschte ein stilles Lächeln über sein Gesicht. In Wirklichkeit wusste Orion natürlich sehr genau, dass er sich nie mehr von irgendwelchem, im Prinzip völlig unbedeutenden weltlichen Erfolg würde blenden lassen, nur um sein kleinliches, menschliches Ego zu nähren. Und abgesehen davon vermochten auch die grössten materiellen Erfolge in der äusseren Welt die innere Leere nicht zu füllen.

«Die Zeiten der Sucht nach gesellschaftlicher Anerkennung sind endgültig vorbei», führte Orion ein innerliches Gespräch mit sich selber. «Jetzt bin ich älter und reifer geworden. Von nun an möchte ich nur noch echte Kunst erschaffen. Tiefgründige, zeitlose, wahre und lichtvolle Kunst. Und nicht mehr bloss irgendwelchen billigen, seelenlosen, stumpfen Klangmüll für die grosse Masse fabrizieren, so wie früher. Das ganze Theater, nur um ein bisschen Geld und Ruhm zu erhaschen, was sowieso alles vergänglich ist. Oh nein, ich werde ganz sicher nie wieder öffentlich den Affen spielen. Aber damals war es halt cool gewesen, wie aufgeblasene Gockel auf der Bühne herumzustolzieren und dazu unglaublich oberflächlich-stümperhafte Texte über schnelle Autos, billige Frauen und teure Partys ins Mikrofon zu brüllen. Meine Güte, was waren wir damals für peinliche, unerfahrene Knilche.»

Tja, die Ansprüche von Orion, dem ehemaligen Allerwelt-Rockstar für die breite Masse, hatten sich in den letzten Jahren dramatisch geändert.

«Von jetzt an», gelobte er feierlich, «will ich ein edles, reines Leben führen. Deshalb werde ich nur noch Musik erschaffen, bei der sogar die Engelwesen in den Lichtwelten ihre helle Freude daran haben.»

Während Orion völlig entspannt auf der Matratze lag, im Halbschlaf vor sich hindöste und über sein Leben nachdachte, bahnte sich heimlich bereits das nächste kuriose Abenteuer an. Obwohl er eigentlich alles andere als abergläubisch war, trug er seit einiger Zeit eine Halskette mit einem wunderschönen, hellblauen Stein als Anhänger. Seitdem Orion diesen Glücksbringer-Edelstein von einer ihm sehr nahestehenden Dame erhalten hatte, trug er ihn Tag und Nacht. Offiziell nannte man diesen seltenen und deshalb teuren Stein heutzutage *Larimar*. Aber im Volksmund der einheimischen Bevölkerung auf einigen karibischen Inseln war er schon seit jeher als Atlantis-Stein bekannt. Man benutzte ihn dort schon seit Langem als Schutzstein und nicht wenige Leute waren sogar felsenfest davon überzeugt, dass dieses zauberhaft hellblau-weisslich schimmernde Gestein geradezu magische Fähigkeiten besass. Wie dem auch sei, auf jeden Fall begann dieser sagenumwobene Stein, der bisher inaktiv an seiner Halskette gebaumelt hatte, auf einmal sanft zu leuchten.

Zuerst glaubte Orion, seinen Augen nicht zu trauen. Aber selbst bei näherer Betrachtung bestand kein Zweifel daran, dass irgendeine geheimnisvolle Macht seinem himmelblauen Amulett plötzlich so etwas wie Leben eingehaucht hatte. Als wäre dies nicht schon eigenartig genug gewesen, begann der leuchtende Atlantis-Stein nun auch noch leicht zu vibrieren. Es schien fast so, als wollte er seinem staunenden Besitzer etwas Wichtiges mitteilen. Gleichzeitig zu diesem Phänomen begann das Radio verdächtig zu knistern, und nach einer kurzen Funkstille ertönte auf einmal eine warme, weibliche Stimme aus dem Lautsprecher.

«Liebe Zuhörer auf dem Planeten Erde im einundzwanzigsten Jahrhundert, herzlich willkommen bei Radio Atlantis. Das nächste Musikstück heisst *Orion* und wird aufgeführt vom interplanetarischen, himmlisch-magischen Atlantis-Symphonieorchester.»

«Radio … wie … was?», stammelte Orion wie vom Blitz getroffen. Dieses völlig unerwartete Intermezzo überrumpelte ihn derart, dass er sich vor Erstaunen nicht vom Fleck rühren konnte. Doch anstelle von Musik plauderte die sympathische Stimme im Radio munter weiter.

«Na, mein lieber Freund Orion, jetzt bist du wohl ganz schön überrascht, stimmt's?»

«Moment mal», erwiderte Orion, nun wieder etwas gefasster, «wer auch immer du bist. Willst du mir etwa weismachen, dass ich gerade auf ganz persönlicher und vertraulicher Ebene mit meinem eigenen Radio kommuniziere? Und dazu noch auf einem Sender Namens *Radio Atlantis*, von dem ich noch nie im Leben etwas gehört habe?»

«Yep, exakt das will ich dir gerade weismachen», kicherte die freundliche Wesenheit amüsiert. «Und ob du es glaubst oder nicht, aber ich kontaktiere dich tatsächlich von einer interplanetaren Radiostation aus Atlantis. Und zwar aus dem echten, historischen Atlantis, verstehst du das?»

«Entschuldige, aber du willst mich wohl veräppeln, gute Frau? Ich glaube nämlich nicht wirklich, dass …»

«… dass wir uns gerade miteinander unterhalten, obwohl wir uns in verschiedenen Zeiten befinden?», unterbrach ihn die Sprecherin sanft. «Du hast doch erst kürzlich selbst erlebt, dass Zeitreisen möglich sind. Oder hast du den Besuch beim guten alten Monsieur Ambroise Moreau etwa schon wieder vergessen?»

«Nein, natürlich nicht», gab Orion zu, «aber das ganze scheint mir trotzdem ziemlich surreal, um es mal einigermassen gemässigt auszudrücken.»

«Das ist auch völlig in Ordnung, geschätzter Anwärter für die nächsthöhere Stufe des Bewusstseins. Schliesse nun die Augen und lenke deine Gedanken auf den prächtigen Atlantis-Stein, den du um deinen Hals trägst», flüsterte die Stimme eindringlich. «Ich nehme deinen Geist nun mit auf eine weitere, zauberhafte Reise.»

Orion tat, wie ihm geheissen, und kurz darauf verschmolz sein begrenztes, menschliches Bewusstsein auf unerklärliche Weise mit der mittlerweile immensen Anziehungskraft des hellblauen Edelsteines. Gleichzeitig wurde er auf mentaler Ebene eins mit der beschwörenden Stimme aus dem mysteriösen, atlantischen Radiosender, die ihn in eine fremde, unbekannte Welt entführte.

Einen Augenblick später fand sich Orion, oder besser gesagt ein für menschliche Augen unsichtbarer Teil von ihm, in einer unbeschreiblich schönen, paradiesischen Landschaft wieder. An diesem lieblichen Ort gab es nicht nur fruchtbare Wiesen und lauschige Wälder, sondern auch prächtige Berge, azurblaue Seen sowie völlig unberührte, kristallweisse Sandstrände. Auf den Bäumen zwitscherten fröhlich exotische Vögel und auch andere, heutzutage unbekannte Tiere lebten überall friedlich miteinander. So eine intakte, von Menschenhand noch nicht zerstörte Natur hatte Orion noch nie gesehen. Mitten auf einer saftig grünen Wiese, umgeben von blühenden Apfelbäumen und lilafarbenen Blumen, ragte, harmonisch in die Umgebung eingebettet, ein majestätischer Kristalltempel zum Himmel empor. Dieser überirdisch strahlende, wie ein riesiger Edelstein funkelnde Tempel besass die Form einer vierseitigen Pyramide. Wie schon bei seiner letzten Zeitreise wurde Orion auch diesmal wie magnetisch von einem bestimmten Punkt angezogen.

Ganz oben in der Pyramide, direkt unter der Spitze, befand sich ein spezieller Raum, der genauso wundervoll hellblau glitzerte wie der Anhänger an Orions Halskette. Es verschlug ihm fast den Atem, so traumhaft schön war dieser kristallene Saal eingerichtet. Der gesamte Raum wurde von reinstem Sonnenlicht erhellt, das von oben her durch die Kuppel schien. Der warme Glanz dieses Lichtes tauchte den edlen Saal in eine fast schon märchenhafte Atmosphäre. Dort, wo die Sonnenstrahlen auf die bunten Kristalle trafen, bildeten sich durch den Effekt zahlreiche kleine Regenbogen, die mit verspielter Leichtigkeit wie Lichtbrücken zwischen dieser magischen Zauberwelt und der wirklichen Realität hin und her tanzten. Inmitten dieser für irdische Verhältnisse sonst schon komplett unwirklichen Verhältnisse stand ein feenhaftes Geschöpf, welches direkt irgendeinem kitschigen Märchenfilm entsprungen zu sein schien, und lächelte sanftmütig.

«Hallöchen, bist du etwa die rätselhafte Märchentante von Radio Atlantis?», fragte Orion mit vor Aufregung pochendem Herzen.

«Ja, genau die bin ich, mein lieber Märchenonkel Orion», erwiderte sie freudig. Dann fügte sie etwas ernsthafter hinzu: «Oder soll ich lieber sagen, ehrenwerter Klangzauberer? Denn das bist du in Wirklichkeit schon seit langer Zeit. Und genau deshalb bist du auch hier, damit wir deine Erinnerungen wieder etwas auffrischen können. Denn in derjenigen Zeitepoche, in welcher du gegenwärtig lebst, ist dieses uralte Wissen von entscheidender Bedeutung. Nicht nur für den äusserst kritischen Zustand der Welt im Allgemeinen, sondern auch für dich ganz persönlich. Schliesslich möchtest du doch dein grosses Werk endlich vollenden, oder?»

«Ja, ich bin fest entschlossen, das Rätsel der menschlichen Existenz endlich zu lösen», bestätigte Orion euphorisch. «Bloss fehlen mir dazu noch einige Puzzleteile. Ich weiss zum Beispiel immer noch nicht, was das sagenumwobene Planetenklangsystem mit dem Ganzen zu tun hat. Und abgesehen davon kenne ich noch nicht einmal deinen Namen.»

«Namen sind nichts weiter als Schall und Rauch», antwortete die Zauberfee neckisch. «Und was den Rest anbelangt, wirst du Schritt für Schritt geführt werden, mach dir deswegen keine Sorgen.»

Nach einer kurzen Sprechpause fügte sie augenzwinkernd hinzu: «Na gut, nenne mich doch einfach Nahia.»

«Nahia», wiederholte Orion den wohlklingenden Namen leise, während irgendwo in seinem Unterbewusstsein eine schwache Erinnerung an uralte Zeiten aufflackerte.

Im selben Moment drang ein gleissender Sonnenstrahl durch die gläserne Spitze der Pyramide und strahlte zufälligerweise genau in dem Winkel durch den Raum, dass Orion wie von einem milden, kosmischen Scheinwerferlicht umgeben und sanft eingehüllt wurde.

«Siehst du?», lachte Nahia fröhlich, während ihre smaragdgrünen Augen vor Entzücken strahlten. «Kaum bist du wieder in deiner alten Heimat Atlantis, begrüssen dich auch schon die Götter und rücken dich gleich ins Rampenlicht. Na, wenn das nicht ein gutes Zeichen vom Himmel ist?»

«In meiner alten Heimat Atlantis?», fragte Orion leicht irritiert. «Was meinst du denn damit?»

«Damit meine ich, dass du vor Tausenden von Jahren einst hier gelebt hast», erklärte Nahia, als wäre es die normalste Sache der Welt. «Damals warst du der Hüter der legendären Kristallbibliothek von Atlantis, in der sämtliche Daten dieser Zeit abgespeichert sind. Dort hast du dir auch das umfangreiche Wissen über heilende Klänge und Farben angeeignet. Auch mit den verschiedenen Schwingungen von Kristallen und Planeten hast du viele Jahre lang experimentiert. Doch leider ist es dir damals nicht gelungen, dein grosses Werk, welches du bereits auf den wunderbaren Namen *Symphonie der Schönheit* getauft hast, fertigzustellen. Denn Atlantis war bereits dem Untergang geweiht und somit auch all die unermesslichen Schätze.»

«Das ist ja ungeheuerlich», murmelte Orion fasziniert. «Dann könnte das eventuell der Grund sein, weshalb ich ständig auf der Suche nach der perfekten Melodie bin?»

«Du hast es erfasst, mein lieber Freund», fuhr Nahia beschwingt fort. «In späteren Inkarnationen hast du mehrmals vergebens versucht, an dieses nie zum Abschluss gebrachte Meisterwerk anzuknüpfen. Aber jedes Mal ist irgendetwas dazwischengekommen. Eines Tages jedoch, wenn dein wahres grosses Werk vollendet ist, dann wirst du alles verstehen.»

«Das wahre grosse Werk? Was bedeutet denn das nun schon wieder?»

«Tja, irgendwann wirst auch du deine irdische Laufbahn auf diesem Planeten abgeschlossen haben», sprach die weise Nahia gelassen. «Und sobald diese Lebensschule als Erdenmensch hier beendet ist, die normalerweise Tausende von Jahren dauert, wirst du all deine unzähligen gelebten Leben überblicken, die du hier verbracht hast. Du befindest dich jetzt sozusagen schon im Endspurt, deshalb kannst du dich allmählich auch immer mehr an dein bereits angesammeltes, spirituelles Wissen erinnern.»

Orion spürte deutlich, wie er von einer unsichtbaren Energiewelle aus Licht und Liebe durchflutet wurde, die ihm tief in seinem Herzen bestätigte, dass Nahia die Wahrheit sprach. Obwohl er innerlich zutiefst berührt und gleichzeitig ziemlich aufgewühlt war, versuchte er, seine wahren Gefühle gegen aussen zu verbergen und einen auf cool zu machen.

«Wow, das sind ja mal gute Neuigkeiten. Ich wünschte, jeder Mensch hätte seine eigene charmante, allwissende Radio-Atlantis-Lady, die ihn so locker-flockig durchs Leben führt. Dann wäre der Weg bestimmt nicht immer so einsam und steinig.»

«Vielen Dank für die Blumen, mein Lieber», lächelte Nahia freundlich wie immer. «In Wahrheit bin ich jedoch bloss wissend, aber nicht allwissend, das ist ein gewaltiger Unterschied. Ausserdem ist es für die seelische Entwicklung der meisten Menschen leider notwendig, dass sie einen steinigen Weg gehen müssen. Denn wie du weisst, lernt man meistens erst durch all die schlechten Erfahrungen, das Gute wertzuschätzen. Erst wenn man das Tal der Schatten durchwandert hat, offenbart sich dem geläuterten und gereiften Menschen das Licht. So läuft das nun einmal in diesem kosmischen Spiel. Ich habe diese Regeln nicht erfunden, das kannst du mir glauben. Aber das alles im Universum seinen Sinn und Zweck erfüllt, darauf kannst du vollkommen vertrauen.»

Nach diesem nicht gerade alltäglichen Gespräch schwiegen beide eine Weile. Danach stärkten sie sich mit einem Gläschen Kristallwasser, welches das strahlende Lichtwesen scheinbar aus dem Nichts, genauer gesagt aus der Dimension der höher schwingenden Ätherwelt, materialisierte.

«Eines Tages wirst auch du dazu in der Lage sein, diese unerschöpfliche Quelle anzuzapfen, wo alles im Überfluss vorhanden ist und jederzeit in irdische Materie verdichtet werden kann», prophezeite Nahia beschwörend. «Doch nun muss ich dir zuerst leider noch eine andere, dunkle Realität zeigen, bevor wir mit unserer atlantischen Schulung hier weiterfahren können.»

«Oh je, das tönt aber nicht gerade sehr ermunternd», meinte Orion skeptisch. «Muss das denn wirklich sein?»

«Ja, da kommen wir leider nicht darum herum», seufzte Nahia mit gesenktem Blick. «Es wurde mir aufgetragen, dich in ein multidimensionales Hologramm in Echtzeit einzuschleusen. Dort wirst du eine Art apokalyptisches Schreckensszenario miterleben, wie es in naher Zukunft auf der Erde stattfinden könnte, falls die Menschheit nicht rechtzeitig zur Besinnung kommt. Der Zweck dieser Exkursion besteht darin, dass du dich hinterher mit doppelter Kraft bemühst, dem Licht zu dienen und das Gute auf der Erde zu fördern.»

«Mir schwant zwar Übles», gab Orion offen zu, «aber wenn das der göttliche Wille, mein Schicksal oder was auch immer ist, dann werde ich mich dem selbstverständlich fügen.»

Nahia umarmte ihren liebenswerten Schützling innig, dann bedeutete sie ihm mit einer einladenden Geste, ihr zu folgen.

Die beiden verliessen den herrlichen, aus hellblauen Atlantis-Edelsteinen gestalteten Saal und betraten in einem Nebenzimmer schweigend eine Art Raumkapsel, die sich als ultramoderner Aufzug herausstellte. Dieser Lift verfrachtete sie in Nullkommanichts in ein unterirdisches Stockwerk der Kristallpyramide, das im Gegensatz zum Dachgeschoss nur schummrig beleuchtet war. Nahia marschierte zielstrebig voraus durch ein wahres Labyrinth, bestehend aus langen Korridoren, bis sie schliesslich vor einer Tür stehen blieb. Orion merkte, wie ein mulmiges Gefühl in ihm aufstieg, als er das Türschild mit der irgendwie beklemmend anmutenden Aufschrift *Raum der Zukunft* erblickte.

# Der Sklavenplanet

Kurz darauf wurde Orion freundlich gebeten, sich in eine geschlossene Apparatur zu setzen, die ihn auf den ersten Blick an einen Flugsimulator erinnerte. Von aussen sah dieses Gerät ungefähr so aus wie ein ganz normales Auto, das Innere des Simulators war jedoch mit modernster Technik ausgerüstet und es sah tatsächlich ähnlich aus wie im Cockpit eines beliebigen Flugzeugs.

«Dieser von unseren Forschern entwickelte Apparat erfüllt viele Funktionen», erklärte Nahia voller Stolz. «Wir können ihn zum Beispiel als Zeitmaschine benutzen, als Energieumwandler oder bei Bedarf auch als Atombeschleuniger, um nur einige zu nennen.»

Orion hatte natürlich keinen blassen Schimmer, was das alles zu bedeuten hatte, dennoch hörte er sich aufmerksam die Ausführungen seiner Lehrerin an.

«Hier in Atlantis hast du gesehen, wie es ist, wenn das kosmische Licht ungehindert, in strahlender Reinheit und Schönheit durch alle Sphären bis hinunter in die materielle Welt fliesst», fuhr sie gelassen fort, «wo es den verschiedenen Entwicklungsreichen der Natur als Nahrung und Lebenskraft dient. Jetzt wirst du dann gleich erleben, wie es sich anfühlt, wenn die Verbindung mit dieser lichtvollen Energie durch gezielte Eingriffe von geldgierigen, machthungrigen Kreaturen böswillig manipuliert wird.»

Dann programmierte Nahia das äusserst kompliziert aussehende Schaltbrett im Cockpit mit geübten

Handgriffen. Anschliessend pflasterte sie Orions Körper von Kopf bis Fuss mit diversen Elektroden zu, die wiederum mit ihrem Computer verkabelt waren.

«Keine Angst», lächelte sie besänftigend, «das ist bloss, um deine Körperfunktionen jederzeit messen zu können. Ausserdem wird durch diese Verkabelung sichergestellt, dass du unterwegs nicht in irgendwelchen Dimensionen hängen bleibst oder gar in den unendlichen Weiten ausserhalb von Zeit und Raum verloren gehst.»

«Klingt ja sehr ermutigend», brummelte Orion mit Galgenhumor. Dann fügte er mit sarkastischem Unterton hinzu: «...und tschüss. Ich bin dann mal weg.»

Nahia warf dem etwas nervösen Passagier zum Abschied noch eine Kusshand zu, dann drückte sie von aussen einen Knopf, so dass sich die Tür dieser vollautomatischen Zeitkapsel mit einem surrenden Geräusch schloss. Schon sehr bald merkte Orion, dass er allmählich immer müder wurde. Bereits ein paar Sekunden später fiel er dann in eine Art meditativen Halbschlaf, einen entspannten Dämmerzustand. Alles, was danach passierte, fühlte sich für ihn trotz seinem traumartigen Geisteszustand absolut real und wirklich an.

Nachdem er mit unglaublicher Geschwindigkeit durch das sternenübersäte Weltall katapultiert worden war, fand er sich plötzlich in einer ihm völlig fremden Welt wieder. Aus irgendeinem unerklärlichen Grund war Orion in einen langen, schwarzen Umhang mitsamt Kapuze gehüllt. Zunächst jedoch versuchte er, sich in dieser halbdunklen, eigenartigen Umgebung zu orientieren. Nicht weit von seinem Standpunkt entfernt konnte er schemenhaft so etwas wie einen überdimensionalen Torbogen ausmachen. Eigentlich sah dieses komische Ding eher aus wie ein dunkler, unheilverkündender Regenbogen, der sich über die sonst schon ziemlich düstere Landschaft erstreckte. Ein unbestimmtes Gefühl drängte Orion dazu, direkt durch dieses mysteriöse Gebilde hindurch zu marschieren. Zögerlich folgte er dieser inneren Stimme, denn schliesslich hatte Nahia ihn ja eigens darauf programmiert, um diese Art von Realität zu erforschen.

Je näher Orion diesem aus schwarzem Fels bestehenden Bogen kam, desto besser konnte er die Details erkennen. Auf einmal starrten ihn nämlich unzählige, im Gestein eingravierte Teufelsfratzen höhnisch an, als wollten sie sagen: «Tritt ruhig ein, mein Freund. Du hast doch nicht etwa Angst, oder?»

Trotz mulmigem Gefühl näherte sich der Reisende aus einer anderen Welt vorsichtig diesem scheinbaren Tor zur Hölle, das von einer trüben, schmutzigen Substanz umgeben war. Als er genau an der Schwelle, unter dem gigantischen Felsbogen stand und verunsichert nach oben schaute, tropfte ihm eine ölige, stinkende Flüssigkeit ins Gesicht. Noch während er sich die schmierige Brühe abwischte, wurde er von einem feinen, spinnennetzartigen Vorhang eingehüllt, der den Eingang normalerweise vor Eindringlingen schützte. Doch anstatt dass eine Riesenspinne kam, um ihn mit Haut und Haaren zu verschlingen, gab ihn der durchsichtige Schleier plötzlich wieder frei und liess ihn die Grenze passieren.

«Das muss wohl an meinem schützenden Umhang

liegen», ging es Orion durch den Kopf. «Nahia wird schon gewusst haben, weshalb ich den tragen soll.»

Nachdem er dieses offensichtlich automatische Überwachungssystem erfolgreich ausgetrickst hatte, lief er einfach weiter. Instinktiv wusste er, dass dies nur das Werk von bösen, dunklen Mächten sein konnte, in deren Reich er sich nun befand. Sehr wahrscheinlich handelte es sich um dieselben dämonischen Kräfte, die insgeheim auch seit langer Zeit den Planeten Erde regierten und alle von Machtbesessenheit verdorbenen Menschen bloss als Marionetten benutzten. Ja, alle skrupellosen Politiker, Wirtschaftsbosse und sonstigen Kriegsfürsten der sogenannten Elite waren in Wirklichkeit besessen von teuflischen Dämonen, die im Hintergrund die Fäden zogen und das Weltgeschehen lenkten. Und nun war Orion plötzlich mittendrin und diesen Mächten sozusagen hilflos ausgeliefert.

«Scheisse», murmelte er leise vor sich hin, «wäre ich doch bloss ein unwissender, einfacher Allerweltsmensch, der von all diesen schrecklichen Dingen nicht die geringste Ahnung hat. Aber was soll's. Da dieser lustige Besuch hier sowieso bloss Teil einer grösseren Prüfung ist, werde ich mich nun zusammenreissen und mein Bestes geben.»

Kaum hatte Orion die Grenze überschritten, erwartete ihn jedoch bereits die nächste Überraschung. Aus der Dunkelheit erschien wie aus dem Nichts plötzlich ein riesenhafter Aasgeier, der im Sturzflug auf ihn niedersauste und ihn mit seinen scharfen Klauen buchstäblich am Kragen packte. Mit einem markerschütternden Krächzen flatterte das hässliche Monster mitsamt dem hilflos in der Luft zappelnden Opfer davon in den schwarzen Nachthimmel. Orion blieb nichts anderes übrig als abzuwarten, was nun mit ihm passieren würde. Während diesem nicht gerade Business-Class-mässigen Flug mit dem blöden Federvieh hatte er jedoch nicht genug Zeit, um über seine missliche Lage nachzudenken. Deshalb harrte er einfach aus und betrachtete schweigend dieses in beklemmende Dunkelheit gehüllte Land. Hier schienen einem sogar die Sterne am Himmel feindselig gesinnt zu sein. Denn sie leuchteten so trübselig finster, als würden sie alles Reine, Gute und Schöne abgrundtief verachten. Und genau diese positiven Eigenschaften verkörperte Orion, und dies erst noch gebündelt in einer einzigen Person. Somit war er geradezu prädestiniert als Staatsfeind Nummer eins, und zwar bevor er überhaupt einen Fuss in dieses Höllenreich gesetzt hatte.

«Hey, Arschloch-Geier», rief Orion absichtlich provozierend, «wie wär's mit einem netten kleinen Rundflug durch euer bezauberndes, überaus gastfreundliches Land?»

Das Riesenviech verstand diese bissige Bemerkung natürlich nicht und flog unbeirrt weiter Richtung Hauptstadt. Dort setzte er seine Luftfracht in ziemlich ruppiger Weise ab, und zwar direkt vor dem Eingang des Regierungsgebäudes. Darauf flatterte die Kreatur mit einem ohrenbetäubenden Kreischen davon und Orion sah sie glücklicherweise nie wieder. Dasselbe galt leider auch für seinen schützenden, schwarzen Umhang. Der blieb bei diesem groben Absetzmanöver nämlich in den scharfen Krallen des Grenzwächter-Geiers hängen. Erst irgendwo unterwegs, auf dem Rückflug zum schwarzen Regenbogen, gelang es dem Vogel, den ungewollten Ballast endlich abzuschütteln.

Es dauerte nicht lange, da war Orion, der ungebetene Gast, auch schon von drei bewaffneten Wachmännern umzingelt. Ohne ein einziges Wort zu sagen, führten sie ihn unsanft ab und schleppten ihn hinein zu ihrem Vorgesetzten. Orion blieb ganz ruhig, denn mittlerweile hatte er sich bereits an die doch eher ziemlich rüpelhafte Art und Weise gewöhnt, in der man auf diesem Planeten anscheinend miteinander umzugehen pflegte. Wenig später befand sich Orion mitten im Kreuzverhör, das in einem düsteren Raum des Regierungsgebäudes stattfand. Die vier hohen Beamten, die ihn so richtig in die Mangel nahmen, hielten den Fremden offensichtlich für einen Spion. Und zwar einer aus dem ihnen verhassten Nachbarland jenseits des Torbogens aus schwarzem Fels, was die Sachlage leider nicht gerade einfacher machte. Für Orion selber machte diese Vermutung jedoch keinen allzu grossen Unterschied, denn für ihn bedeutete es so oder so, dass er gerade ziemlich in der Klemme sass. Aus irgendeinem Grund jedoch, vermutlich weil Nahia ihn in weiser Voraussicht darauf programmiert hatte, verstand er diese merkwürdige Sprache und konnte sie auch perfekt sprechen. Weil er den misstrauischen Regierungsbeamten aber nicht glaubwürdig klarmachen konnte, dass er bloss ein harmloser Wanderer ist, der sich aus Versehen in ihr Land verirrt hatte, sperrten sie den vermeintlichen Spion ohne weitere Verhandlungen in das versiffte Kellerverlies des Gebäudes.

«Die Gefängnisse in unserer Stadt sind sowieso alle

schon komplett überfüllt», knurrte der eine sarkastisch, «deshalb darfst du vorerst in unserem hauseigenen, hübschen kleinen Gästezimmer logieren.»

Orion dachte angestrengt nach, woher ihm dieser unsympathische Kerl so bekannt vorkam. Seine Gestik und Mimik, die Art zu sprechen, ja einfach die ganze fiese Verhaltensweise erinnerte ihn an jemanden. Dann wurde es ihm auf einmal schlagartig bewusst.

«Lord Erebos», schoss ihm der Gedanke durch den Kopf, «der Bösewicht, mit dem ich bereits in einem anderen Leben schon einmal unerfreuliche Bekanntschaft geschlossen habe.»

Bei der letzten Begegnung im Jahre 1752 hatte der damalige Kirchvorsteher Lord Erebos, der selbsternannte Gott der Finsternis, dem philosophischen Komponisten Ambroise Moreau gerade das Handwerk gelegt. Doch Orion blieb leider keine Zeit für solche eigenartigen Nachforschungen. Denn ehe er sich versah, steckte er bereits in einer dunklen und vor allem äusserst ungemütlichen Gefängniszelle.

«Na toll», sagte er laut zu sich selber, «könnte mir vielleicht mal jemand erklären, was das alles soll? Langsam finde ich es nämlich nicht mehr so wahnsinnig witzig.»

«Zu versuchen, unter widrigsten Umständen innere Harmonie herzustellen, ist eine der grössten Lektionen, die wir zu lernen haben», ertönte eine männliche Stimme aus der Ecke der Zelle. Kurz darauf schlurfte gemächlich ein hagerer, gross gewachsener Mann mit struppigem Wuschelbart und abgewetzten Kleidern aus der dunklen Ecke und blieb im schummrigen Licht in der Mitte des Raumes stehen.

«Aber hallo!», rief Orion erschrocken und überrascht zugleich. «Wer bist denn du? Robinson Crusoe?»

«Nein, ich bin nicht Robinson Crusoe, wer auch immer das ist», antwortete der Gefangene gelassen. «Aber ich heisse tatsächlich Robin.» Dann fügte er mit einem schelmischen Augenzwinkern hinzu: «Man nennt mich hier aber auch liebevoll: der Weise mit der Meise. Aber ein bisschen bekloppt sind wir doch irgendwie alle, oder etwa nicht? Tja, wie auch immer. Jedenfalls, willkommen im Klub der letzten Rebellen, Kumpel. Ich nehme an, man hat dich auch deshalb eingebuchtet, weil du dich gegen das System aufgelehnt hast.»

Orion atmete erleichtert auf. Er war froh, hier in diesem elenden Rattenloch einen Leidensgenossen gefunden zu haben, mit dem er sich unterhalten konnte.

«Sehr erfreut, Bruder», streckte er seinem Schicksalsgefährten höflich die Hand entgegen. «Ich bin Orion, der Spion. Oder besser gesagt: der Nicht-Spion.»

«Aha, interessant. Und was führt den edlen Herr Nicht-Spion in diese gottverlassenen, unterirdischen Gefilde, wenn ich fragen darf?», lachte Robin amüsiert.

«Ach, nichts Weltbewegendes. Irgend so ein schräger Spassvogel hat mich rein zufällig hier abgesetzt, ausgerechnet vor diesem prachtvollen Bunker mit all den gastfreundlichen Menschen», entgegnete Orion mit ironischem Unterton.

«Menschen?», lachte Robin laut heraus. «Na, du bist mir ja ein schöner Scherzkeks. Ich weiss zwar nicht, woher du kommst, aber auf jeden Fall muss ich dich auf Folgendes hinweisen, wenn du es nicht schon selbst gemerkt hast. Du befindest dich hier mitten in einer kaputten Gesellschaft, die verlernt hat, Mensch zu sein. Sei also besser auf der Hut, mein lieber Freund.»

«Na prima, dann bin ich hier ja genau am richtigen Ort gelandet», seufzte Orion müde, «sozusagen vom Regen in die Traufe. Bei uns auf der Erde gibt es nämlich auch fast keine richtigen Menschen mehr. Nur noch solch seelisch verkrüppelten Zombies, die total süchtig nach ihren technischen Geräten sind, ohne es zu merken. Ferngesteuerte Sklaven einer vollständig digitalisierten Welt. Es ist in der Tat ein Jammer.»

«Oh Mann, du kommst also tatsächlich von der Erde?», entgegnete Robin mit einer Mischung aus Bewunderung und Mitleid. «Davon habe ich schon viel gehört. Unsere Welt ist ja schliesslich ein Schwesterplanet der Erde. Das heisst, unsere Zivilisation hat eine ähnliche Entwicklung durchgemacht wie ihr Erdenmenschen. Nur mit dem Unterschied, dass wir auf ganzer Linie versagt haben. Deshalb werden unsere ursprünglichen Bewohner nun von denselben dunklen Mächten unterjocht und versklavt, die auch euch schon lange im Visier haben. Aber soviel ich weiss, steht eure Zukunft momentan noch auf der Kippe. Ihr habt also immer noch die Chance, das Ruder herumzureissen und den Weg zurück zur Natur einzuschlagen.»

«Tja, momentan sieht die Lage allerdings nicht gerade sehr rosig aus», erwiderte Orion nachdenklich, «wir Menschen sind bereits vor langer Zeit in den geistigen Tiefschlaf des Vergessens gefallen. Die gequälte Seele der Erde schreit schon lange, aber wir sind der Natur gegenüber taub und blind geworden. Zu viel Stress, Umweltgifte, Elektrosmog sowie generelle Reizüberflutung haben uns krank gemacht. Dazu kommt noch das ganze ungesunde Essen. Wir ernähren uns praktisch nur noch von energetisch toter, verseuchter Nahrung. Die gesamte Nahrungskette ist mit chemisch-synthetischen Pestiziden vergiftet worden. Um den einst wunderschönen Planeten Erde bewegt sich eine riesige Wolke aus dunkler Energie. Wenn wir nicht schleunigst etwas an unserem egoistischen, selbstzerstörerischen Verhalten ändern, dann wird sich die aufgestaute, negative Energie in dieser Wolke vermutlich bald entladen. Und dann ist sowieso alles aus.»

«Das kommt mir irgendwie ziemlich bekannt vor», winkte Robin wissend ab, «denn exakt dasselbe ist nämlich bei uns passiert. Und danach, als überall Chaos herrschte, hat sich die neue Weltordnung endgültig durchgesetzt. Das heisst, dass unser Planet nun wie ein Unternehmen geführt wird, genauso wie die Erde. Jedes Land ist bloss eine kleine Unterfirma, die der Geschäftsleitung dieses gigantischen Unternehmens zu gehorchen hat. Und wir befinden uns übrigens gerade im Hauptgebäude der Zentralregierung. Nachträglich also nochmals herzlich willkommen, mitten im schwarzen Herz unserer komplett digitalisierten, seelenlosen und kalten Welt. Dieser einst blühende Ort ist leider zu einem trostlosen Gefängnis für seine übrig gebliebenen Bewohner geworden, zu einem regelrechten Sklavenplaneten.»

Obwohl diese tragische Geschichte eigentlich eher

zum Weinen war, konnte sich Orion ein dezentes Schmunzeln nicht verkneifen. Denn die selbstironische Art und Weise, in der Robin das alles völlig cool schilderte, war irgendwie fast schon wieder witzig.

Doch dann fuhr der wortgewandte, bärtige Rebell mit ernsthafter Miene und mahnend erhobenem Zeigefinger fort: «Etwas äusserst Wichtiges muss ich dir an dieser Stelle noch mitteilen, mein Freund», sprach er leise, damit niemand sie belauschen konnte. «Denn exakt dasselbe Muster gilt auch auf deinem Heimatplaneten. Solange diese einheitliche Weltregierung an der Macht ist, wird nach ihren Regeln gespielt. Das heisst, jeder Mensch kommt sozusagen als volle Batterie auf die Welt. Dann wird er vom System sein ganzes Leben lang manipuliert und als billige Arbeitskraft missbraucht. Sobald die Batterie leer ist, ist so eine Arbeitskraft jedoch völlig wertlos und muss so schnell wie möglich entsorgt werden. Und weil der Mensch in diesem teuflischen System nichts weiter als das Eigentum des Staates, also der übergeordneten Firma ist, kann er von den Herrschenden auch jederzeit auf irgendeine beliebige Art und Weise beseitigt werden. Je weiter die Digitalisierung fortschreitet und das Volk im künstlichen Narkosezustand gefangen hält, desto mehr Kontrolle kann der Staat auf den einzelnen Bürger ausüben. Dieses ausgeklügelte Sklavensystem macht die Reichen schlussendlich noch reicher und die sonst schon Armen noch ärmer. Denn Steuern und sonstige Abgaben werden ja nur vom einfachen Fussvolk erpresst, für das hat die Geschäftsleitung des Unternehmens schliesslich ganze Legionen von korrupten Politikern eingestellt. Politiker, Banker, Wirtschaftsbosse, Religionsführer und wie sie sich alle nennen ... In Wirklichkeit sind sie nichts anderes als die linke und die rechte Hand des Teufels.»

«Und was passiert, wenn sich ein Land, also eine Firma weigert, dem grossen Unternehmen, dieser diabolischen Weltregierung zu dienen?», wollte Orion wissen.

«Oh, ganz einfach», zuckte Robin mit den Schultern, «dann werden sie per Knopfdruck einfach vom weltweiten Versorgungssystem abgekoppelt. Das bedeutet, dass es für die Bevölkerung innert kürzester Zeit gar nichts mehr gibt. Weder Nahrungsmittel noch Heizungen oder sonst etwas. Die Leute müssten also in ihren eigenen Wohnungen verhungern oder erfrieren. Und falls das noch nicht reichen sollte, schickt man den Abtrünnigen einfach noch ein künstlich erzeugtes Erdbeben oder eine nette, kleine Überschwemmung vorbei. Denn eine derart gezielte Wettermanipulation ist schon seit vielen Jahren gang und gäbe, nur wissen die meisten wie immer nichts von solchen Angelegenheiten. Jawohl, so läuft das in dieser elenden Schlangengrube. Wir einfachen Bürger haben nicht einmal die Wahl zwischen fressen und gefressen werden, auch wenn uns das in den Medien oft vorgegaukelt wird. Schlussendlich, nachdem man uns jahrzehntelang ausgebeutet hat, werden wir vom System allesamt aufgefressen, und zwar mit Haut und Haaren. Das alles wird natürlich immer im Namen von irgendetwas Vielversprechendem vermarktet. Sei es nun die Freiheit, der Fortschritt oder der liebe Gott höchstpersönlich.»

«Oh ja, das kenne ich nur zu gut», antwortete Orion. «Die Kunst der Versklavung besteht bekanntlich darin, dem Sklaven das Gefühl zu vermitteln, dass er sich in Freiheit befindet.»

Nach einer kurzen Pause, in der beide schweigend ihren Gedanken nachhingen, fragte er seinen Zellengenossen plötzlich ganz unerwartet: «Aber du hast mir immer noch nicht verraten, warum man dich in den Knast gesteckt hat.»

«Ach, das ist auch so eine komische Geschichte», erzählte Robin bereitwillig. «Aber um es kurz zu machen: Weil ich eine umweltfreundliche Technologie erfunden habe, die in vollkommener Harmonie mit der Natur funktioniert. Bloss mithilfe der unerschöpflichen und vor allem gratis zur Verfügung stehenden Sonnenenergie. Aber das hat der Regierung dieses Sklavenplaneten nicht gepasst. Denn die wollen mit den ganzen geplünderten Bodenschätzen, die sie anschliessend in Energie umwandeln, ja Geld verdienen. Und wenn da einer wie ich einfach so dahergelaufen kommt und die gesamte Energie sozusagen gratis anbietet, dann stellt das für gewisse Kreise natürlich eine mächtige Konkurrenz dar. Und Konkurrenz wird in dieser Art von Weltordnung nicht geduldet. Denn hier gibt es nur eine einzige herrschende Elite, verstehst du?»

«Ich verstehe», nickte Orion fassungslos. «Das heisst, man hat dich also eingesperrt, weil du ein Freidenker bist und etwas Gutes für diese Welt tun wolltest. Aber sag mal, wie geht es nun weiter? Ich meine, du hast doch nicht etwa ernsthaft vor, den Rest deines Lebens in diesem finsteren Verlies zu verbringen, oder?»

«Oh nein, natürlich nicht», flüsterte Robin vorsichtig. «Meine Flucht ist bereits vorbereitet. Heute Abend Punkt Mitternacht geht's los. Bist du dabei?»

«Na klar doch», erwiderte Orion ohne zu zögern. «Wie lautet der Plan?»

«Ach, der ist eigentlich relativ simpel. Wir spazieren einfach ganz normal hier raus. Durch eine glückliche Fügung ist es mir nämlich gelungen, einen Wärter zu bestechen. Der wird bald pensioniert und ist für das System dann sowieso nur noch ein unproduktiver Parasit, ein nutzloser Esser sozusagen. Als ich ihm das erklärt habe, hat er mir ein Duplikat seines elektronischen Schlüssels anfertigen lassen.»

Dann legte Robin mahnend den Zeigefinger auf die Lippen, ehe er aus Sicherheitsgründen noch leiser weitersprach: «Hör zu, jede Nacht zwischen zwölf Uhr und zwölf Uhr zehn findet die Wachablösung statt. Das heisst, wir haben volle zehn Minuten Zeit, um in Ruhe von hier zu verduften. Ist das nicht genial?»

«Diese Frage kann ich dir erst beantworten, wenn wir draussen sind», sagte Orion erschöpft. «Aber bis dahin dauert es ja noch ein paar Stunden. Jetzt muss ich mich zuerst noch ein bisschen ausruhen, nach all den verrückten Dingen, die mir heute schon widerfahren sind.»

«In Ordnung, mein Freund, ich wecke dich dann kurz vor Mitternacht, schlaf gut.»

Orion legte sich mit einem müden Seufzer auf die steinharte, dünne Matratze, die in einer dunklen Ecke der Gefängniszelle auf dem Fussboden lag. Kaum hatte er die Augen geschlossen, driftete er vor Erschöpfung gleich weg ins Land der Träume. Doch seltsamerweise konnte er trotz des schlafenden Zustandes des Körpers glasklare Gedanken fassen. Und so geschah es, dass sich wieder einmal die mittlerweile altbekannte Idee des Planetenklangsystems in seinem Unterbewusstsein einschlich. Selbst hier, auf diesem ihm unbekannten Planeten irgendwo im Weltall, liess ihn die offensichtlich unstillbare Sehnsucht an *das grosse Werk* nicht in Ruhe.

«Jede Galaxie schwingt in einem anderen Ton», nahm Orion einen feinen Impuls tief in seinem Inneren wahr, der ihm aus irgendeinem Grund kosmisches Wissen vermittelte. «Herrscht auf einem Planeten Unruhe, werden dadurch niedrig schwingende Töne erzeugt. Denn alles Negative erzeugt disharmonische Töne, die sich in die Körper der Bewohner sowie auf die Seele des Planeten selber übertragen. Deshalb kannst du hier auch diese subtile, unerträgliche Geräuschfrequenz fühlen, weil dieser Planet auf feinstofflicher Ebene nicht mit der harmonischen Klangschwingung des Universums verbunden ist.»

In diesem Augenblick wusste Orion allerdings noch nicht so genau, was er mit diesen äusserst schleierhaften Informationen anfangen sollte, die ihm andauernd aus irgendeiner unbekannten Quelle mitgeteilt wurden. Schliesslich fiel er in einen unruhigen Dämmerschlaf, bis ihn jemand sanft an der Schulter stupste.

«Hey Orion, aufwachen», flüsterte die vertraute Stimme von Robin, «es ist Zeit, einen Abflug zu machen.»

# Der magische Lichtstrahl

Orion blickte verschlafen auf seine Uhr, die exakt zwei Minuten vor Mitternacht anzeigte. Doch als sich sein Bewusstsein nach einigen Sekunden wieder auf die aktuelle Lage eingestellt hatte, war er auf einen Schlag hellwach. Es dauerte nicht lange, da hörte er langsame Schritte den unterirdischen Flur entlangkommen – verdächtig langsam sogar.

«Jawohl, das muss die Wachablösung sein», frohlockte Robin leise. «Gleich spazieren wir hier ganz gemütlich hinaus, das wird garantiert das reinste Kinderspiel.»

«Da wäre ich mir ehrlich gesagt noch nicht so sicher», entgegnete Orion zweifelnd. «Oder spürst du nicht, dass vom Widerhall dieser Schritte eine bedrohliche Schwingung ausgeht? Irgendetwas stimmt da nicht.»

«Ach du, alter Schwarzseher», winkte Robin lachend ab, «du hast wohl zu lange auf der Erde gelebt. Dort kann man sehr wahrscheinlich schon am vorauseilenden Energiefeld eines Menschen erkennen, dass er nichts Gutes im Schilde führt. Selbst wenn es sich bloss um harmlose Geräusche wie die Schritte eines alten Mannes handelt.»

Orion antwortete nicht darauf, stattdessen sass er konzentriert und mit geschlossenen Augen da. Er wusste ganz genau, dass ihn sein inneres Radarsystem, seine intuitive Wahrnehmung, niemals täuschte.

Einen Augenblick später erschien die schattenhafte Gestalt des Nachtwächters vor der vergitterten Tür der Gefängniszelle. Stumm und mit grossen, von eiskalter Panik erfüllten Augen starrte er die beiden Männer hinter dem Gitter an.

«Na, was ist, Kumpel?», drängte Robin. «Läuft alles wie abgemacht? Oder gibt es irgendwelche Probleme?»

«Ich ... es tut mir leid ...», keuchte der Wächter mit letzter Kraft. Dann bildete sich ein ekliger Schaum in seinem Mund, er verdrehte die Augen und sackte mit einem letzten Seufzer zusammen. Erst jetzt entdeckte Robin, dass in seinem Genick eine Spritze steckte – eine tödliche Giftspritze.

«Scheisse», murmelte er nervös, «ich glaube, du hattest recht. Irgendetwas stimmt hier definitiv nicht.»

Plötzlich ertönte im Hintergrund ein fieses Lachen. Dann erschien aus einer dunklen Ecke die bedrohliche Silhouette des Gefängnisdirektors Mugur. Obwohl er amüsiert grinste und sich in seiner vermeintlichen Machtposition genüsslich sonnte, konnte Orion deutlich erkennen, wie sich eine dunkle Schicht aus finsteren Gedanken um ihn herum bildete.

«Diesen leckeren Giftcocktail gibt es hier gratis für jeden Verräter», säuselte der allseits gefürchtete Mugur, während er dem toten Wächter emotionslos die Spritze aus dem Hals zog. «Na, wollt ihr zwei Hübschen auch teilnehmen an der fröhlichen Cocktailparty? Es hat genug für alle. Das Blöde daran ist, dass man sich halt nur einen einzigen Drink genehmigen kann.»

Orion schaute ihm völlig unbeeindruckt in die Augen. «Kreaturen wie du vergiften die psychische Atmosphäre schon allein mit ihren toxischen Ausströmungen», entgegnete er gelassen. «Da ist die Giftspritze eigentlich überflüssig. Aber keine Angst, mein Freund, auch solche armen Seelen wie du, die sich im dichten Nebel der niederen Astralwelt verirrt haben, finden eines Tages den Weg ins Licht.»

«Oh, sieh mal einer an», verhöhnte ihn der geistig blinde Machtmensch sarkastisch, «haben wir da etwa aus Versehen einen allwissenden Engel aus den lichten Sphären eingesperrt, der sich verflogen hat? Wo bleiben denn nun deine superschlauen Lichtfreunde, um dich aus dieser misslichen Lage zu retten? Cocktails hätten wir jedenfalls genügend, sie müssten nur noch in unsere netten kleinen Todesspritzen abgefüllt werden, haha.»

«Er hat leider recht», murmelte Robin niedergeschlagen, «wir sitzen hier in einer Falle, aus der wir nicht mehr lebend herauskommen. Ich hätte eigentlich wissen müssen, dass dieser unentrinnbare Hochsicherheitstrakt überall Augen und Ohren hat. Es tut mir wirklich leid, Orion. Ich wollte dir keine falschen Hoffnungen machen, aber ...»

«Hey Mann, immer schön locker bleiben», unterbrach Orion seinen entmutigten Schicksalsgefährten, «du brauchst dich für gar nichts zu entschuldigen. Schliesslich bin ich ja nicht durch dein Verschulden hier gelandet. Aber keine Angst, wir werden schon eine Lösung finden. In der Ruhe liegt bekanntlich die Kraft.»

Langsam aber sicher war Mugur genervt vom unerschütterlich optimistischen und vor allem würdevollen Auftreten dieses fremden Spinners. Normalerweise fielen die Todeskandidaten vor ihm winselnd auf die Knie und flehten um Gnade, was seinem sonst schon aufgeblasenen Ego jedes Mal noch einen zusätzlichen Kick verlieh.

«Warte nur, dir wird das Lachen gleich vergehen, du elender Klugscheisser», knurrte Mugur grimmig.

«Warte nur, mimimi ...», äffte Orion den üblen Schurken nach, indem er die Stimme verstellte und dazu eine ulkige Grimasse schnitt. Als Zugabe seiner aufgrund der brenzligen Lage ziemlich deplatziert wirkenden Darbietung imitierte er noch eine mähende Ziege. «Määäh, ich bin Määähgur, der kleine, doofe Handlanger eines noch viel dooferen Diktators, määäh. Keiner mag mich, aber ich fühle mich trotzdem unheimlich wichtig, määäh. Und mit meinem missratenen Ziegenbart sehe ich ja so was von bescheuert aus, määäh. Zum Glück weiss niemand, dass mein beknackter Name bloss ein anderes Wort für Ziegenscheisse ist.»

«Verdammt, Orion, bist du verrückt geworden?», stoppte der bestürzte Robin die obskure Zirkusvorstellung. «Hör sofort damit auf, sonst werden die dich zu Tode foltern, anstatt bloss mit der Giftspritze hinzurichten.»

«Falsch geraten, du dreckiger Penner», schnaubte der gedemütigte Staatsmann ausser sich vor Wut. «Ich werde an euch BEIDEN ein öffentliches Exempel statuieren, das in die Geschichte eingehen wird.»

Nun wurde Orion plötzlich wieder ernst.

«Normalerweise wird ja die Geschichte von Siegern geschrieben, beziehungsweise gefälscht», sprach er in ungewohnt autoritärem Tonfall. «Wie also soll so ein kompletter Totalversager wie du jemals Geschichte schreiben können? Oder glaubst du etwa tatsächlich, dass du auf der Seite der Siegermächte stehst? Tja, Einbildung ist bekanntlich auch eine Bildung, nicht wahr?»

Robin hielt sich entsetzt die Hände vor das Gesicht.

«Oh Mann, dafür werden die uns zu Hackfleisch verarbeiten», jammerte er vor sich hin. «Dagegen wäre die Giftspritze der reinste Luxus gewesen.»

«Naja, was soll's», bemerkte Orion lässig, «das ist auf jeden Fall immer noch besser, als mit so einem unglaublich lächerlichen Namen wie Mugur bestraft zu sein. Vermutlich hätte nicht einmal der primitivste, keulenschwingende Halbaffe aus der prähistorischen Steinzeit seinen Nachwuchs so getauft. Ich meine, nur schon der absolut widerwärtige Klang dieses selten dämlichen Kacknamens ist eine Beleidigung für jedes Ohr eines halbwegs zivilisierten Lebewesens. Sehr wahrscheinlich waren seine Eltern analphabetische Ziegenhirten, die ...»

«... aaahhh», brüllte Mugur wie ein tollwütiges Raubtier, während er mit beiden Händen wie ein Besessener an der immer noch verschlossenen Gittertür rüttelte. «Na warte, das wirst du mir büssen, und zwar auf der Stelle. Ich werde dir eigenhändig die Zunge herausschneiden.»

Mit vor Wut zittrigen Händen suchte er den elektronischen Türöffner an seinem Schlüsselbund, den er dummerweise jedoch einfach nicht finden konnte. Orion hingegen blieb trotz der ganzen Hektik als einziger völlig ruhig und gelassen. Aus irgendeinem Grund wusste er innerlich, dass ihm nichts geschehen konnte. Ja, er fühlte geradezu die Präsenz einer höheren Macht, die zwar unsichtbar, aber dennoch anwesend war.

«Tief durchatmen, Mugurlein», veräppelte er den inzwischen komplett hysterischen Gefängnisdirektor. «Entspanne dich und sei ein braver Junge, Mugi-Bubi. Immer schön cool bleiben. Nimm es nicht so tragisch. Es ist ganz normal, dass auch wahre Superhelden wie du zwischendurch mal die Fassung verlieren, selbst wenn sie Määähgur heissen. Aber keine Angst, wir werden es niemandem erzählen, nicht wahr, Robin?»

In der dunkelsten Ecke der Zelle kauerte verängstigt und fassungslos zugleich der arme Robin. Er schickte sämtliche Stossgebete zum Himmel, die ihm gerade einfielen. In diesem Moment fand Mugur endlich, wonach er gesucht hatte. Schweissgebadet vor lauter Hass und Demütigung öffnete er die Gefängnistür. Knurrend wie ein angriffslustiger Kampfhund trat er einen Schritt näher, so dass Orion seinen stinkigen Atem riechen konnte. Dann zog Mugur mit einer demonstrativ langsamen Handbewegung ein Messer aus einer Seitentasche seiner Uniform, das trotz der schummrigen Lichtverhältnisse bedrohlich aufblitzte.

«So Freundchen, jetzt wird abgerechnet», zischte er hasserfüllt. «Nach einem letzten Wunsch frage ich schon gar nicht, denn er wird sowieso nicht genehmigt. Aber falls du sonst noch etwas zu sagen hast, dann gebe ich dir ab jetzt genau noch zehn Sekunden Zeit.»

Nun stand Orion also da, im Angesicht des Todes, und es wollte ihm einfach nichts Gescheites einfallen. Die Sekunden verstrichen wie in Zeitlupe, doch die innere Gewissheit der nahenden Rettung verliess ihn seltsamerweise keinen Augenblick. Und dann, nach genau acht Sekunden, geschah das Unfassbare. Plötzlich flutete wie ein Scheinwerfer ein glänzender Strahl aus goldenem Licht in den Raum und formte sich zu einem Tunnel. Während alle Anwesenden wie gebannt auf dieses offensichtlich überirdische Phänomen starrten, ertönte eine mächtige Stimme, die direkt aus diesem Licht- und Klangstrahl zu sprechen schien.

*«ICH BIN die Wunder wirkende Kraft, die über diese Situation die vollständige Kontrolle übernimmt und hier und jetzt den perfekten göttlichen Plan hervorbringt. Die Wahrheit siegt immer.»*

Darauf herrschte eine ehrfürchtige Stille im Raum. Sogar all die Ratten und Käfer, die normalerweise ständig in den dunklen Gängen hin und her huschten, blieben wie versteinert an Ort und Stelle stehen.

«Das ... das ist ganz eindeutig Zauberei», stammelte Mugur nach einer Weile völlig verdattert. «Schwarze Magie, Hexenwerk. Für so etwas reicht nach unseren Gesetzen nicht einmal Folterung und Todesstrafe. Da muss ich mich zuerst mit dem Führungsstab beraten.»

Doch soweit sollte es gar nicht erst kommen. Denn im selben Moment leuchtete der kosmische Scheinwerfer – oder was auch immer das war – nochmals grell auf und verschluckte die beiden Gefangenen Orion und Robin mit Haut und Haaren. Kurz darauf herrschte im unterirdischen Verlies wieder das übliche schummrige Dämmerlicht. Nur mit dem kleinen Unterschied, dass Mugur nun plötzlich ganz allein in der Zelle stand.

«Mit solchen Zaubertricks könnt ihr mich nicht beeindrucken, hört ihr?», durchbrach er die beklemmende Stille mit auf einmal unsicherer Stimme. «Ich werde euch kriegen und zur Rechenschaft ziehen, so wahr ich Mugur der Schreckliche heisse.»

Doch der böse Herrscher sah die beiden Männer nie wieder, denn die befanden sich bereits an einem völlig anderen, weit entfernten Ort.

# Das lustige Pänguru im Kristallwald

Derselbe magische Lichtstrahl, der Orion und Robin soeben das Leben gerettet hatte, spuckte die beiden wenig später wieder aus. Doch diesmal landeten sie nicht in irgendeinem schmutzigen Kellerverlies, sondern in einem hellen, freundlichen Raum. «Wer auch immer dich geschickt hat, du rettende Lichtenergie», seufzte Orion erleichtert, «hiermit möchte ich mich auf jeden Fall ganz herzlich dafür bedanken.»

«Jawohl, dem Himmel sei Dank», fügte Robin erschöpft hinzu, «auch wenn ich momentan gerade rein gar nichts kapiere.»

«Keine Sorge, meine Lieben. Ihr müsst auch gar nichts kapieren», meldete sich eine angenehme, weibliche Stimme aus dem Hintergrund. «Hauptsache, ihr seid wieder heil zurück.»

«Wieder?», fragte Orion verwundert. «Was heisst da wieder?»

Er benötigte etwas Zeit, bis er realisierte, wo er sich befand.

«Oh, Nahia», rief er erfreut, als er das freundliche Engelwesen an seiner Seite erblickte. «Das heisst, ich bin zurück in Atlantis, richtig? Mein Gott, bin ich froh. Dieser futuristische Sklavenplanet war ja tatsächlich die reinste Hölle. Aber sag mal, was ist denn mit meinem Weggefährten Robin? Ich meine, er gehört ja nicht hierher ...»

«Ach, zerbrich dir darüber nicht den Kopf, lieber Orion», winkte Nahia lächelnd ab. «Den bringen wir zu gegebener Zeit schon wieder dorthin zurück, wo er hingehört. Aber auch er hat sich genau wie du das karmisch bedingte Privileg erarbeitet, hier in Atlantis einige wichtige Dinge lernen zu dürfen.»

«Also, ich kapiere immer noch nichts, Leute», meinte Robin achselzuckend.

«Ach, ist doch egal», entgegnete Orion mit einem spitzbübischen Lächeln im Gesicht. «Hauptsache, wir sind alle gesund und munter. Der Rest wird sich dann schon irgendwie ergeben.»

Mit dieser Einsicht löste sich auch die ganze Anspannung, so dass Robin und Orion vor Freude über das geschenkte Leben plötzlich laut herauslachten und dabei herumhüpften wie kleine Kinder. Denn in diesem Moment war ihnen zum ersten Mal richtig bewusst geworden, wie kostbar das Geschenk, das wir Leben nennen, eigentlich ist. Von nun an wollten sich die beiden ernsthaft darum bemühen, ein anständiges Leben zu führen und sich nur noch für das Gute einzusetzen.

«Es gibt nur einen Weg, dem kosmischen Rad von Ursache und Wirkung, dem Zwang der ständigen Wiederverkörperung zu entkommen», mahnte Nahia mit erhobenem Zeigefinger. «Und zwar durch bewusstes Bemühen, die höheren Gesetze des Lebens zu verstehen und so gut es geht im Alltag umzusetzen. Man muss ernsthaft und ausdauernd die Wahrheit im eigenen Inneren suchen und unerschütterlich daran festhalten. Wenn ihr die alltäglichen Schwierigkeiten des Lebens als Ansporn benutzt, anstatt euch von ihnen unterkriegen zu lassen, dann seid ihr schon mal auf dem richtigen Weg.»

«Hast du gehört, Robin?», scherzte Orion übermütig. «Wenn dir das nächste Mal so eine Knalltüte wie Mugur über den Weg läuft, dann bleib einfach ganz locker. So lange du ein gesundes Mass an Urvertrauen in das uns freundlich gesinnte Universum hast, wird dir auch stets auf irgendeine Art und Weise geholfen werden. Wir sind also gut aufgehoben.»

«Oh ja, den Beweis dafür habe ich ja gerade am eigenen Leib erlebt», erwiderte Robin, indem er sich mit einer galanten Geste des Dankes in Richtung Nahia verneigte.

«Ach, das mit dem magischen Lichtstrahl ist nun wirklich nicht der Rede wert», schmunzelte sie schelmisch. «Diesen Trick lernen wir bei uns in Atlantis schon in der Grundschule. Jedes Kind weiss, wie man solch freie Energien zum Wohl der Allgemeinheit nutzen kann.

«Ihr habt es gut», meldete sich Robin zu Wort. «In eurer Welt lernen die Kinder wenigstens etwas wirklich Gescheites. Nicht wie bei uns, wo einem der Kopf absichtlich mit sinnlosem Müll vollgestopft wird, um die grosse Masse geistig im Dunkeln tappen zu lassen. Als Resultat dessen leben wir in einer ziemlich gestörten, oberflächlichen Gesellschaft, in welcher innere Leere und damit einhergehende narzisstische Verhaltensstörungen das eigene Herz verkümmern lassen. Von energetischen Dingen haben die meisten Leute keinen blassen Schimmer. Diesbezüglich befinden wir uns sozusagen noch auf der niedrigsten Stufe der Evolution.»

«Da hast du leider recht», erklärte Nahia mitfühlend. «Und es ist wirklich tragisch. Denn könnten die

Menschen sehen, wie sich ihre eigenen Gedanken, Gefühle und Worte in die feinstoffliche Atmosphäre hinausbewegen, dann würden sie nicht schlecht staunen.»

«Wieso, was ist denn daran so aussergewöhnlich?», fragte Robin neugierig.

«Nun ja, solche disharmonischen Schwingungen laden sich in der unsichtbaren Ätherwelt mit ähnlich gesinnten Kräften auf, ehe sie mit doppelter Kraft zum Urheber in die physische Welt zurückkehren. Die meisten Menschen würden vermutlich kreischend nach Erlösung schreien, wenn sie wüssten, was für grauenhafte Dinge sie durch ihre negativen Verhaltensweisen in ihr Leben ziehen. Gedanken und Gefühle sind subtile Energien, die voller Leben sind, im Negativen wie im Positiven.»

«Du meinst also, wir sollten uns besser in Selbstbeherrschung üben, damit wir nur erfreuliche Dinge in unser Leben ziehen?»

«Das wäre gewiss von Vorteil und würde viele Probleme in der Welt quasi von allein lösen. Aber lassen wir dieses Thema für den Moment. Eines Tages, wenn ihr nach vollendetem irdischen Lebenszyklus in höhere Sphären aufgestiegen seid, dann werdet ihr noch viel mehr über solche Dinge erfahren. Aber zunächst müsst ihr zuerst einmal die menschliche Ebene meistern, bevor euch euer kosmischer Weg Stufe um Stufe aufwärtsführt. Sobald das grosse Werk in der materiellen Welt, sozusagen an vorderster Front, vollbracht ist, werdet ihr automatisch zur Pforte der Erkenntnis geführt.»

*Das grosse Werk*, hallten diese magischen Worte in Orions Geist wider und beflügelten sogleich seine grenzenlose Fantasie. Wie auf Kommando begannen sich in seinem Kopf geheimnisvolle Melodien ineinander zu fügen, die in seinem Unterbewusstsein mit jeder erneuten Erinnerung ein wenig mehr zu einer erhabenen Symphonie kosmischer Klänge verschmolzen. Aber vorerst vermochte er das gesamte Klangbild noch nicht zu erfassen. Die Vision der perfekten Melodie blitzte zwar immer wieder kurz auf, doch sie entglitt ihm auch ebenso schnell wieder und liess ihn jeweils enttäuscht zurück.

«Du musst noch lernen, dich in Geduld zu üben, mein lieber Orion», hauchte ihm Nahia sanft ins Ohr. Sie wusste natürlich, welches Szenario sich gerade in seinem Gefühlskörper abspielte. «Momentan ist deine Wahrnehmung nach wie vor getrübt, weil du immer noch zu sehr von menschlichen Scheinwerten der äusseren Welt geblendet bist. Doch schon bald wird es dir gelingen, die reine Essenz deiner inneren Vision freizulegen, so dass sie in strahlendem Glanz erblühen kann. Alles zu seiner Zeit. Gottes Mühlen mahlen langsam, wie es so schön heisst. Aber nun gibt es noch eine kleine Überraschung für euch. Bitte folgt mir.»

Neugierig trotteten Robin und Orion hinter Nahia her, deren zauberhafte Gestalt eine lichtvolle Aura ausstrahlte. Leise vor sich hin summend führte sie ihre beiden Gäste aus anderen Welten auf verschlungenen Pfaden durch die paradiesische Gegend von Atlantis. Zuerst durchquerten sie einen prächtigen Garten, dessen geradezu malerische Schönheit ihnen im wahrsten Sinne des Wortes wie verzaubert vorkam.

Denn die einheimischen Gärtner arbeiteten Hand in Hand mit niedlichen kleinen Wesen zusammen, die Nahia als Naturgeister bezeichnete.

«Alles, was hier wächst, befindet sich im absoluten Einklang mit der Natur», erklärte sie so beiläufig, als wäre es die normalste Sache der Welt. «Im Gegensatz zu eurer Welt zerstören und entwürdigen wir die Natur nicht, sondern wir arbeiten harmonisch mit ihr zusammen. Selbstverständlich ist es für uns auch absolut unvorstellbar, Tiere zu töten, geschweige denn zu essen, da wir jedes einzelne Lebewesen respektieren. Oh, wenn ihr Menschen nur verstehen würdet, wie einfach es ist, ein glückliches und erfülltes Leben zu führen. Schlussendlich sind wir alle nur ein winziger Teil der Natur, völlig egal, ob es sich nun um eine Ameise, einen Menschen oder Planeten handelt. Deshalb spielt es für die kosmische Intelligenz keine Rolle, ob nun eine beliebige Spezies irgendeinen Planeten bewohnt oder nicht, sie lässt die Menschen einfach machen. So viele Zivilisationen sind schon gekommen und wieder verschwunden, da wird es die Natur nicht besonders stören, wenn sich die gegenwärtige Menschheit durch eigenes Verschulden selber auslöscht. Mit den paar Individuen, die übrig bleiben, wird sie einfach eine neue vorbereiten.»

Um diese tiefgründigen Worte zu verdauen, schauten Orion und Robin dem bunten Treiben im atlantischen Zaubergarten noch eine Weile schweigend zu.

«Wenn ich nur wüsste, wie ich all dieses Wissen verbreiten könnte, wenn ich wieder zu Hause bin», dachte Orion. «Dann könnte ich vielleicht tatsächlich etwas zum Guten verändern, auch wenn es nur ein

Tropfen auf dem heissen Stein ist.»

Nach einer Weile der meditativen Stille wanderte die Dreiergruppe schliesslich weiter, bis sie zu einer kunstvoll verzierten Holzbrücke kam, die über einen Bach führte. Natürlich handelte es sich auch hierbei nicht etwa um einen hundsgewöhnlichen Allerweltsbach. Oh nein, weit gefehlt. Das Wasser leuchtete nämlich in einer kunterbunten Mischung aus allerlei verschiedenen Farbtönen. Als wäre dies nicht schon erstaunlich genug gewesen, strömte von jeder Farbe aus ein anderer Duft und dieses harmonische Zusammenspiel erfüllte die Atmosphäre wie eine süsse Melodie. All diese Farben und Düfte zusammen verbreiteten eine dermassen betörende Stimmung, dass der Begriff *Klangfarbe* plötzlich eine ganz andere Bedeutung erhielt. Wiederum fühlte Orion deutlich, wie sich gerade ein weiteres Mosaiksteinchen in seine unergründliche Vision von seinem zukünftigen *grossen Werk* einfügte. Als sie mitten auf der Brücke standen, spiegelte sich das Sonnenlicht so wunderschön im glitzernden Regenbogenwasser, dass es Orion fast den Atem verschlug vor lauter Glückseligkeit. Er musste einfach einen Moment innehalten, um dieses fantastische Erlebnis voll und ganz in sich aufzusaugen.

«Das ist ja der helle Wahnsinn», rief er seinen Freunden begeistert zu, während er die süssliche Luft tief einatmete. «Ich hätte nie gedacht, dass so etwas in der Realität tatsächlich existiert. Mir fehlen schlichtweg die Worte, um so unglaublich viel Schönheit angemessen zu beschreiben.»

«Tja, mit dem Begriff Realität wirst du in Zukunft vermutlich etwas vorsichtiger umgehen», antwortete Nahia gelassen. «Denn wie du gelernt hast, gibt es unendlich viele verschiedene Realitäten. Die äusserst begrenzte, dreidimensionale Wirklichkeit der Erdenmenschen ist nur eine davon. Sozusagen ein winziger Tropfen im riesigen Ozean.»

Nach dieser kurzen Pause am farbenfrohen Bach marschierte die Truppe erfrischt weiter. Die beiden Besucher waren gespannt, was wohl noch alles auf sie zukommen würde, in diesem verrückten Märchenland. Und ihre Erwartungen sollten auch nicht enttäuscht werden, wie sich bald herausstellen sollte.

Nachdem sie zufrieden schweigend eine saftig grüne Wiese mit blühenden Apfelbäumen durchquert hatten, gelangten sie schliesslich zu einer Art Wald, der irgendwie so seltsam funkelte, als hätten sie gerade einen überdimensional grossen Edelsteinladen betreten. Erst bei genauem Hinschauen stellte Orion fest, dass mit diesen Bäumen definitiv etwas nicht stimmte. Nahia merkte natürlich, dass ihre Gäste zögerten, ihr in diese eigenartig anmutende Glitzerwelt zu folgen.

«Keine Angst, Freunde», erklärte sie amüsiert, «ich werde euch schon nicht in eine Falle locken. Das hier ist bloss ein harmloser Kristallwald. Das heisst, die Bäume hier bestehen allesamt aus purem Kristall. In euren Begriffen gesprochen, liefert uns so ein Wald etwa gleich viel Energie wie zehn Atomkraftwerke. Und das erst noch, ohne die Umwelt zu belasten. Tolle Sache, oder? Kommt, traut euch ruhig hinein.»

Immer noch ein wenig skeptisch, folgten Orion und Robin ihrer einheimischen Reisebegleiterin schliesslich. Sie konnten die mächtige, pulsierende Energie, die von diesen riesigen Kristallbäumen ausging, förmlich spüren. Plötzlich raschelte etwas verdächtig im Gebüsch. Denn abgesehen von den glitzernden Baumriesen bestand der Wald aus mehr oder weniger ganz normalen Pflanzen. Erschrocken blieben sie auf dem samtweichen, dunkelgrünen Moosboden stehen. Kurz darauf hüpfte ein ungefähr zwei Meter grosses Tier auf die Waldlichtung vor ihnen.

«Whoa, ein Riesenkänguru», platzte es aus Orion heraus. «Und das hier? An diesem Ort?»

«Whoa, zwei Menschen?», konterte das Tier schlagfertig. «Und das hier, in meinem Revier?»

Nun guckte Orion noch viel erstaunter aus der Wäsche.

«Ich glaube, ich spinne», stammelte er fassungslos. «Wenn das hier alles nicht irgendein verrückter Traum ist, dann befinde ich mich also tatsächlich gerade in einem magischen Kristallwald in Atlantis und spreche mit einem Känguru. Die einzigen Figuren, die das bezeugen können, sind eine Art Halbengel und irgendein Typ von einem anderen Stern ...»

Ehe er weitersprechen konnte, prasselten gleich drei protestierende Antworten auf ihn ein.

«Ich bin kein Känguru.»

«Ich bin kein Halbengel.»

«Ich bin kein Ausserirdischer.»

«Okay, okay, ist ja schon gut», beschwichtige Orion seine Aussage mit einer besänftigenden Handbewegung. «Was seid ihr dann? Und wer bin ich überhaupt? Und was zum Kuckuck hat das alles eigentlich zu bedeuten?»

«Was das alles zu bedeuten hat, weiss ich nicht»,

sprach das drollige Tier. «Da musst du schon die einheimische Silberlocke da fragen. Auf jeden Fall bin ich kein Känguru, sondern ein Pänguru.»

«Entschuldigung, ein was?», lachte Orion laut heraus.

«Na, ein Pänguru. Das ist die atlantische Version von einem Känguru. Deshalb heisse ich auch Päng, und nicht Käng, verstehst du?»

«Ähem, ja natürlich ... alles klar, Päng», murmelte Orion noch verwirrter als zuvor.

«Und wisst ihr was?», fuhr das redselige Pänguru unbeirrt fort, das jetzt anscheinend erst so richtig in Fahrt kam. «Ich habe soeben beschlossen, dass ich euch durch den Wald begleiten werde. Denn ihr könntet euch ja verlaufen, und dann habt ihr den Salat. Vermutlich würdet ihr irgendwann einfach umfallen vor lauter Erschöpfung und zu Kristallsäulen erstarren. Denn der Legende nach ...»

«... ist schon gut, liebe Pänguru-Dame», unterbrach Nahia schliesslich den unkontrollierten Redeschwall des Pängurus, «du kannst uns natürlich gerne begleiten, wenn du möchtest. Wir sind nämlich auf dem Weg zur grossen Versammlung.»

«Was? Die grosse Versammlung?», schnaubte Päng aufgeregt. «Ist es schon wieder so weit? Sind etwa bereits wieder hundert Jahre vergangen seit dem letzten Mal? Das ist ja unglaublich, ich bin geradezu entsetzt. Weshalb hat man mir nichts gesagt? Ich meine, immerhin bin ich doch das einzig verbliebene Pänguru in Atlantis ...»

Päng war über diese Nachricht derart geschockt, dass sie ganz aufgewühlt kreuz und quer durch den

Wald hüpfte und dabei ununterbrochen wirres Zeug vor sich hinplapperte.

«Lassen wir die gute alte Päng voraushüpfen», meinte Nahia gelassen. «Die wird sich schon wieder beruhigen.»

Nun meldete sich auf einmal Robin zu Wort, der schon seit längerer Zeit nichts mehr gesagt hatte. Vielleicht hatte er immer noch einen Jetlag von der Reise. Oder er war schlicht und einfach sprachlos, weil er noch nie so etwas wie diese wunderschöne und zugleich ziemlich schräge Welt gesehen hatte. Schliesslich kam er ja aus einer eher dunklen, kaputten Zivilisation.

«Entschuldige, Nahia, aber wie war das mit dieser komischen Versammlung, die Päng vorhin erwähnt hat?»

«Oh, das ist bloss die Generalversammlung der geistigen Hierarchie», antwortete die liebenswerte Atlanterin ruhig wie immer. «Die findet alle hundert Jahre statt. Aber wir haben natürlich ein anderes Zeitempfinden als das gewöhnliche Menschengeschlecht. Wie dem auch sei, jedenfalls hat man mich damit beauftragt, euch dorthin zu geleiten. Ihr seid nämlich eingeladen als Ehrengäste.»

«Aha, das ist also die Überraschung, von der du gesprochen hast», kombinierte Robin scharfsinnig. «Aber wo soll es denn hingehen? Fliegen wir auf dem Rücken eines handzahmen Drachens zu einem Märchenschloss auf dem Zauberberg? Oder galoppieren wir auf einem rosaroten Einhorn über ein kuscheliges Wolkenfeld aus hellblauer Zuckerwatte?»

«Nicht ganz. Zuerst fliegen wir mit einem futuristischen Kampfjet aus der Hölle bis zum nächsten Militärstützpunkt», entgegnete Nahia mit gespielter Ernsthaftigkeit. «Dort steigen wir um auf einen rosaroten Plüschdrachen, der eigenhändig gezähmt wurde von ...»

«... von Päng, dem unerschrockenen Pänguru», beendete das aufgedrehte Tier den Satz. «Jawohl, ihr Kristalltouristen. Ausserdem zähme ich nicht nur zuckerwattige Plüschdrachen, ab und zu lasse ich es auch so richtig krachen. Deshalb begleite ich euch an dieses Fest, denn das Alleinsein hasse ich wie die Pest.»

«Ach Päng, dort wo wir hingehen, findet keine wilde Party statt», klärte Nahia sie auf. «Das ist eine ernste Angelegenheit, wie du weisst. Willst du dir das wirklich antun?»

«Oh ja, das will ich», kam die entschlossene Antwort wie aus der Pistole geschossen. Also wanderten, beziehungsweise hüpften die mittlerweile vier gutgelaunten Gestalten durch den mystischen Kristallwald, während sie die ganze Zeit Schabernack trieben und sich mit lustigen Wortspielen gegenseitig unterhielten.

Irgendwann, nach einem langen Marsch durch dieses zeitlose Land, kamen sie schliesslich an eine Wegkreuzung. Anstelle von einem Wegweiser sass dort aber einfach ein dicker, grosser Bär. «Guten Tag, ich bin der Erklär-Bär», begrüsste er die Reisegruppe höflich. «Seid ihr zufällig Gäste für die Generalversammlung der Weisen?»

«Genau das sind wir, Bärentatze», antwortete Päng aufgeregt, «Ist es noch weit?»

«Ach nö, von hier ist es nur noch ein Pänguru-

Sprung», erklärte der Erklär-Bär pflichtbewusst. «Gleich da vorne bei der grossen alten Eiche befindet sich der geheime Eingang. Wenn ihr dazu berechtigt seid, an der Versammlung teilzunehmen, öffnet sich das Tor automatisch. Viel Glück.»

«Das alles tönt ja wieder mal unheimlich geheimnisvoll», raunte Orion skeptisch. «Ich hoffe bloss, du willst uns keinen Bären aufbinden.»

«Keine Angst, der atlantische Bärendienst ist völlig unverbindlich», brummelte der gemütliche Riese. «Wir binden niemandem etwas auf. Auch wenn ein Erklär-Bär wie ich naturgemäss dafür eingesetzt wird, um Verbindungen herzustellen, so verbindet uns eigentlich nichts mit den allgemeinen Verbindlichkeiten von den verbündeten Verfassern von vertraulich vorgeschriebenen Vertragsklauseln. Selbst nach verschiedenen Vorfällen von unverbindlichen Verbindungen mit vermeintlich vertraglich festgelegten Vertraulichkeiten ...»

«Ist ja gut, lieber Erklär-Bär», intervenierte Nahia schliesslich, «wir wissen deine ausgiebigen Erklärungen wirklich zu schätzen, aber nun müssen wir leider weiter. Tschüss, bis zum nächsten Mal, in hundert Jahren oder so.»

Darauf zog die bunte Truppe weiter, um den mysteriösen Eingang zu suchen.

«Wow, ich hätte nicht gedacht, dass es hier Bewohner gibt, die tatsächlich NOCH redseliger sind als unsere geschätzte Kollegin Käng-Päng», veralberte Orion das Pänguru mit dem lockeren Mundwerk.

«Pass lieber auf, mein lieber Mensch, denn ich besitze den hellblauen Gürtel nicht nur im Päng-Fu, sondern auch im Käng-Shui», kam die spritzige Antwort umgehend. «Und im mandarinischen Mini-Mikado bin ich übrigens auch unschlagbar.»

«Tja, und unschlagbar schlagfertig bist du wohl auch, nicht wahr? Da verschlägt es einem doch glatt die Sprache.»

Die beiden Spassvögel zogen sich noch eine Weile gegenseitig auf, bis sie schliesslich zur grossen Eiche gelangten, die der drollige Erklär-Bär vorhin erwähnt hatte.

«Okay ihr Scherzkekse, da sind wir», übernahm Nahia wieder das Zepter. «Ab jetzt solltet ihr euch wieder ein bisschen zusammenreissen. Wir betreten nämlich gleich einen heiligen Ort. Naja, vorausgesetzt, dass sich das Tor für uns Pappnasen überhaupt öffnet.»

# Die grosse Generalversammlung
## der geistigen Hierarchie

Gleich hinter der altehrwürdigen, knorrigen Eiche befand sich ein auf den ersten Blick unscheinbarer, mit sattgrünem Gras bewachsener Hügel. Leicht versteckt zwischen wildem Gebüsch und Sträuchern gab es dort eine kleine Einbuchtung, die von einer massiven Granitplatte geschützt wurde. Exakt in der Mitte dieser dunkelgrauen Steinplatte hatte jemand einen Handabdruck eingraviert, den man jedoch nur bei genauem Hinschauen entdecken konnte.

«Jeder, der hier eintreten will, muss zuerst seine rechte Hand auf diesen energetischen Türöffner drücken», erklärte Nahia. «Denn der Zugang zu dieser Geheimstätte der grossen weissen Bruderschaft wird nur gestattet, wenn der Besucher ein reines Herz sowie reine Absichten hat.»

«Und was, wenn man keine Hand hat, sondern nur Pfoten?», fragte Päng besorgt. Doch wie sich gleich herausstellen sollte, waren ihre Sorgen völlig unbegründet. Denn schon kurz darauf standen Nahia, Päng, Robin und Orion im Inneren dieses kuppelförmigen Grashügels. Ehrfürchtig schweigend folgten sie langsam einem langen runden Tunnel, der schliesslich in einen riesigen, höhlenartigen Raum führte. Am Eingang zu dieser magisch anmutenden Zauberwelt mussten sie diesen herrlichen Anblick zuerst einmal einen Augenblick auf sich einwirken lassen. Vor ihnen erstreckte sich nämlich ein prächtiger Rundbau mit einer goldenen, liebevoll verzierten Kuppel, die in allen möglichen und unmöglichen Farben funkelte.

Als wäre dies allein nicht schon beeindruckend genug gewesen, hatte man überall im Tempel wundervoll glitzernde Kristalle und Diamanten von unvorstellbarer Schönheit aufgestellt.

In der Mitte dieser kunstvoll gestalteten Halle loderte still und majestätisch eine kristallweisse Flamme – die pure, reine Flamme der göttlichen Weisheit. Und tatsächlich machte es den Eindruck, als wäre diese Flamme voller Licht und Leben. Denn sie verströmte eine geradezu überirdische Energie, die mit simplen Worten schwer zu beschreiben war.

«Ich wollte euch übrigens noch mitteilen, dass ihr die ersten menschlichen Wesen seid, denen es gestattet ist, diese bezaubernde Wunderwelt sehen zu dürfen», flüsterte Nahia ihren Freunden zu. «Ausserdem waren weder ein Pänguru noch ein Erklär-Bär jemals hier. Aus diesem Grund bitte ich euch innig, diesen heiligen Ort nicht zu entweihen.»

«Keine Angst, wir werden uns schon benehmen. Nicht wahr, Freunde?», versprach Päng.

Orion und Robin nickten bloss geistesabwesend, da sie immer noch viel zu ergriffen waren von diesem unfassbaren Anblick voller Schönheit und Anmut. Nahia seufzte erleichtert, denn insgeheim hatte sie schon befürchtet, dass die chaotische Rasselbande den Laden hier vor lauter Übermut gleich auseinandernehmen würde.

Plötzlich hörten sie eine klare, helle Stimme sprechen: «Herzlich willkommen im Tempel der Weisheit, liebe Menschenkinder.»

«Ich bin aber kein Menschenkind», konnte sich das vorlaute Pänguru einen Kommentar nicht verkneifen, «sondern ein ...»

«Päng, bitte», wies Nahia die Plaudertasche zurecht, «reiss dich zusammen.»

«Tschuldigung», kam die reumütige Antwort, begleitet von einem zutiefst treuherzigen Blick.

«Auch ihr beiden Nicht-Menschenkinder seid natürlich willkommen, sonst hätte man euch nämlich gar nicht erst hier reingelassen», fuhr die Stimme königlich amüsiert fort. Dann trat ein bärtiger Mann in den Lichtschein, gekleidet in ein strahlend weisses Gewand aus feinstem Stoff.

«Aber wie ihr wisst, ist diese Schulung hauptsächlich für die beiden Menschenkinder Orion und Robin gedacht. Ach, bevor ich es vergesse: ich heisse übrigens Sardonyx und bin der Vorsteher dieses verborgenen Reiches.»

«Sardonyx? So wie der Edelstein?», platzte es erneut aus Päng heraus.

«Jawohl, genau so», lächelte Sardonyx, «nur mit dem kleinen Unterschied, dass ich zuerst auf diesem Planeten war. Denn dieser wunderschöne Tempel besteht seit Anbeginn der Zeit, sozusagen seit der Entstehung der Erde. Wir sind hier zwar stets im Stillen tätig, dafür aber immer zum Wohle der äusseren Welt.»

Darauf schaute er die beiden Menschen mit einem prüfenden Blick an, der sie buchstäblich bis in den tiefsten Seelenkern durchdrang. Scheinbar zufrieden, redete Sardonyx munter weiter.

«Seit langer Zeit schon seid ihr Wanderer auf dem Pfad des Lichtes. Und nun ist der Zeitpunkt gekommen, die letzten Stufen zu erklimmen und das grosse Werk zu vollenden.»

«Das grosse Werk», murmelte Orion demütig.

«Ganz genau. Aber nicht nur ihr zwei, sondern die gesamte Menschheit entwickelt sich zurzeit in rasantem Tempo weiter. Das neue Zeitalter des Wassermanns ist bereits eingeläutet und wird die alten, verkrusteten Strukturen des materiell orientierten Fische-Zeitalters bald ablösen. Da ihr jedoch die Wegbereiter, sozusagen die Eisbrecher für die anderen Menschen seid, die euch früher oder später auf diesem Weg folgen werden, benötigt ihr aussergewöhnliche Kräfte. Aus diesem Grund widerfahren euch auch all diese scheinbar seltsamen Dinge in letzter Zeit. Man könnte es auch Privatunterricht aus den lichten Welten nennen.»

Nach dieser freundlichen Begrüssung schlenderte Sardonyx gemütlich durch die runde Halle.

«Kommt, folgt mir», rief er den etwas scheuen Besuchern enthusiastisch zu, «keine Angst, hier gibt es keine Menschenfresser ... und schon gar keine Tierfresser.»

«Tönt sympathisch», murmelte Päng erleichtert.

Als sie den hohen Raum durchquerten und an der hell lodernden Flame in der Mitte vorbeigingen, stieg in Orion auf einmal so etwas wie eine verschleierte Erinnerung hoch. Oder vielleicht hatte er zufälligerweise einfach irgendwann mal von dieser Flamme geträumt, die voller Reinheit und Anmut still vor sich hin flackerte. Plötzlich legte ihm jemand in väterlicher Fürsorge den Arm auf die Schulter.

«Deine Erinnerungen an diesen Tempel sind zwar nur flüchtig, aber dennoch sehr real», klärte ihn Sardonyx der Weise auf. «Denn kein menschliches Wesen könnte diesen heiligen Ort ohne gewisse Vorbereitungen betreten. Die hochfrequenten Energien würden alle seine Körper sofort verglühen lassen, den grobstofflichen wie die feinstofflichen. Dasselbe gilt natürlich auch für den ehrenwerten Robin, der von einem weit entfernten Schwesternplaneten der Erde stammt.»

Daraufhin wurden sie Mitgliedern der geistigen Hierarchie vorgestellt, die rein äusserlich mehr oder weniger aussahen wie Menschen. In Wirklichkeit jedoch besassen diese Wesen allesamt eine unvorstellbare Weisheit, die für den begrenzten, von der Urquelle abgetrennten menschlichen Verstand nur bis zu einem bestimmten Grad fassbar war.

«Alle diese Frauen und Männer hier haben den irdischen Zyklus der physischen Wiederverkörperung bereits abgeschlossen», erklärte Sardonyx den staunenden Gästen. «Aus diesem Grund bezeichnet man uns in eurer Welt als sogenannte Aufgestiegene Meister. Das bedeutet aber auf keinen Fall, dass wir besser sind, sondern wir sind den jüngeren Seelen einfach ein kleines Stück voraus auf dem nicht in Worte zu fassenden Evolutionsweg. Wie dem auch sei, schlussendlich durchläuft sowieso jede einzelne Seele auf ihrem ganz individuellen Weg dieselben Entwicklungsstufen. Und das bedeutet unter anderem, dass man auch auf einem rückständigen Planeten wie zum Beispiel diesem hier seine Erfahrungen machen muss.»

«Dann ist das grosse Werk vollendet, sobald man all diese vielen Erdenreisen gemacht hat und schlussendlich eine weise Seele ist?», fragte Orion neugierig.

«Ja und nein, lieber Schüler auf dem Pfad der Weisheit», versuchte Sardonyx diese tiefgreifende Frage zu beantworten. «Das heisst, wenn du die Stufe als sterblicher Mensch, der sich in der Regel bloss mit seiner materiellen Hülle identifiziert, in all seinen Facetten durchlebt hast, dann hast du schon mal sehr viel erreicht und tatsächlich ein grosses Werk vollbracht. Andererseits könnte man aber auch sagen, dass es nach der absolvierten Grundschule erst richtig losgeht. Denn die vielfältigen Entwicklungsmöglichkeiten einer Seele sind unendlich. Vom irdischen Standpunkt her ist die Reise der Seele ewig und führt Stufe um Stufe aufwärts. In kosmischen Massstäben gesprochen sieht jedoch alles wiederum ganz anders aus. Denn es gibt eine göttliche Ordnung, die alles perfekt steuert. Vom kleinsten Atom über die grösste Sternengalaxie, bis hin zur höchsten kosmischen Wesenheit, führt eine systematische Entwicklung von allem, was lebt.»

«Also wenn ihr mich fragt, hört sich das alles irgendwie nach einer ziemlich verrückten Science-Fiction-Story an», meldete sich Päng zu Wort. «Auch wenn ich zugeben muss, dass der Drehbuchautor dieser unendlichen Geschichte wohl ziemlich genial sein muss.»

«Oh, und was ist mit einem sprechenden Pänguru aus Atlantis, das sich gerade im Inneren eines Berges befindet?», lachte Sardonyx belustigt. «Und dann erst noch zusammen mit zwei Zeitreisenden von verschiedenen Planeten, einer Art Zauberfee sowie ein paar aufgestiegenen Individuen, die früher einmal Menschen waren? Hört sich DAS für dich etwa weniger nach irgendwelchem Science-Fiction-Kram an?»

Darauf mussten alle herzlich lachen, denn irgendwie wirkte diese unfreiwillig komische Situation ja tatsächlich ein kleines bisschen surreal.

Nach dieser kleinen Auflockerung setzten sich alle Versammelten um die kristalline Flamme, so dass sie einen geschlossenen Kreis bildeten. Nebst den Gästen waren noch ungefähr zwanzig erleuchtete Meisterinnen und Meister anwesend, die an dieser Sitzung teilnahmen.

«Hiermit erkläre ich die Generalversammlung offiziell für eröffnet», liess Sardonyx feierlich verlauten. «Bevor wir auf die globalen und universellen Dinge zu sprechen kommen, werden wir, der karmische Rat der Weisen, uns mit der aktuellen Lage unserer beiden menschlichen Ehrengäste Orion und Robin beschäftigen.»

Mit einer ehrerbietenden Geste deutete er auf eine ebenfalls ganz in Weiss gekleidete Frau, die wie alle Wesenheiten hier irgendwie zeitlos wirkte.

«Hallo Freunde, mein Name ist Shada», sprach sie ruhig und voller Anmut. «Der Rat hat beschlossen, dass ich euch ein paar geheime Dinge mitteilen darf, die eure persönliche karmische Laufbahn betreffen. Doch zunächst möchte ich euch wissen lassen, dass wahre Meister nichts von persönlicher Verehrung oder blindem Gehorsam halten. Ihr könnt euch also getrost entspannen.» Nach einer kurzen Sprechpause fuhr Shada bedächtig fort: «Auch wenn ihr euch momentan nicht daran erinnern könnt, so habt ihr dennoch vor langer Zeit unabhängig voneinander dazu eingewilligt, am Projekt *Entfaltung des menschlichen Bewusstseins* mitzuarbeiten. Deshalb habt ihr beide auch schon unzählige Leben im Dienst für die Menschheit verbracht. Somit seid ihr automatisch ebenfalls Teil der geistigen Hierarchie, und zwar auf der Stufe der sogenannten Weltdiener.»

«Weltdiener», wiederholte Robin das seltsame Wort wie verzaubert, «diesen Begriff habe ich erst neulich irgendwo gehört.»

«Das kann gut sein», erklärte Shada, «denn dein derzeitiger Heimatplanet ist sogar noch um einiges rückständiger als die Erde. Deshalb sind dort momentan auch viele verschiedene Wesen inkarniert, um dieser Welt zu dienen. Sie alle arbeiten genau wie du unerkannt, sozusagen im stillen Kämmerlein. Eure Aufgabe, beim Aufbau einer neuen, besseren Welt mitzuhelfen, ist nicht gerade einfach. Erwartet keinesfalls weltliche Anerkennung für diese Arbeit, da die meisten eurer Zeitgenossen die Wichtigkeit eures Dienstes an der Menschheit noch gar nicht richtig begreifen können. Eines nicht mehr allzu fernen Tages jedoch, wenn das derzeit noch stark beschränkte Massenbewusstsein eine bestimmte Schwelle erreicht hat, wird die Wahrheit erkannt werden. Deshalb bitte ich euch innig, noch eine Weile durchzuhalten, bis sich die neue Zivilisation mit dem fortschrittlichen Seelenbewusstsein endgültig etabliert hat. Denn ihr seid diejenigen Seelen, welche die evolutionäre Entwicklung bereits durchlaufen haben. Ihr seid die planetarischen Vorreiter. Eure Art zu leben und zu denken dient den anderen sowie den nachfolgenden Generationen sozusagen als Mustervorlage. So wird sich bildlich gesprochen Knospe für Knospe öffnen, bis der gesamte Planet schliesslich in voller Blüte steht. Das ist dann der Moment des grossen Erwachens aus dem geistigen Tiefschlaf, der in allen grossen Schriften der Menschheitsgeschichte vorausgesagt wurde.»

«Wow, das tönt ja wirklich sehr spannend», entgegnete Orion voller Demut. «Vielen Dank für diese umfassenden Erläuterungen, Shada. Ich weiss nicht wieso, aber irgendwie kommt mir das alles so vertraut vor. Tief in mir habe ich nämlich schon immer den brennenden Wunsch verspürt, die Welt zum Besseren zu verändern. Aber weil das leider nicht ganz so einfach ist, war ich in der Vergangenheit oftmals frustriert und sogar regelrecht wütend. Dieses blockierende Gefühl, alles zu wollen und nichts zu erreichen, ist nämlich nicht gerade wahnsinnig motivierend.»

«Mir geht es genauso», gestand Robin. «Irgendwann im Laufe des Lebens habe ich einen derartigen Frust entwickelt, dass ich manchmal schlichtweg keinen Sinn mehr sehe in dem ganzen Theater. Es gibt so viele Ungerechtigkeiten, für die ich absolut kein Verständnis aufbringen kann.»

«Frust und Wut sind völlig normale Begleiterscheinungen auf der Reise des Lebens», beruhigte Shada die beiden Menschen. «Ihr braucht euch für diese Gefühle also nicht zu schämen. Doch nun werde ich versuchen, euch das grössere Bild der Evolution aufzuzeigen, damit ihr eure Rolle als Menschen ein wenig besser versteht.»

Doch bevor die bezaubernde Shada mit ihrem kosmischen Unterricht fortfuhr, stand sie kurz auf und spazierte in aller Seelenruhe einmal um die ewige Flamme herum. Orion vermutete, dass es sich dabei um eine Art Ritual handelte, um sich geistig zu sammeln vor einer wichtigen Rede. Währenddessen sassen ihre Ratskollegen so ruhig und konzentriert da, dass sich Orion nicht traute, mit einer simplen Frage diese feierliche Stille zu durchbrechen. Kaum hatte sich Shada wieder auf ihren Platz gesetzt, erwachten auch die anderen Mitglieder wieder aus ihrem meditativen Zustand.

«Es ist wichtig, in regelmässigen Abständen die Atmosphäre zu reinigen», flüsterte Sardonyx den Gästen zu. «Und da es hier keine Fenster gibt, um den Raum ordentlich durchzulüften, tun wir das eben auf gedanklicher Ebene. Atmet einmal tief durch, dann wisst ihr, was ich meine.»

Orion tat, wie ihm geheissen, und tatsächlich bemerkte er einen Unterschied. Die Luft schien irgendwie reiner zu sein als eben noch und ausserdem spürte er, dass sich sein eigenes geistiges Aufnahmevermögen wie auf Knopfdruck um ein Vielfaches gesteigert hatte.

«Wie ich sehe, seid ihr bereit für die nächste Lektion in Sachen Kosmologie», stellte Shada erfreut fest. «Also, weiter geht's. Nun, wie ihr sicherlich bereits wisst, war die Erde schon immer eine Art Tummelplatz, auf dem sich die verschiedensten Kräfte austoben. Aber genau dieses ewige Spannungsfeld zwischen den dunklen Mächten und den lichten Welten macht diesen Planeten so einzigartig. Jedes Individuum, welches die harte Lebensschule hier durchlaufen hat, wird von den Geschöpfen in sämtlichen Universen aufrichtig bewundert. Denn nirgendwo sonst kann man auf so verhältnismässig kleinem Raum das ganze Spektrum zwischen Gut und Böse erleben. Nur die Mutigsten wagen sich in so dichte Bereiche der Materie vor, wo man das Wissen um den wahren Ursprung komplett vergisst und buchstäblich im Dunklen tappt.»

«Dass die Menschheit im Dunklen tappt, kannst du laut sagen», sprudelte es aus Orion heraus. «Ich meine, schaut euch doch nur einmal diese kaputte Welt an. Wir zerstören nicht nur die Natur und die Tiere, sondern mobben uns dazu auch noch gleich selbst von diesem Planeten. Als wäre diese Schande nicht schon genug, bezeichnen wir uns dazu noch arrogant als Krone der Schöpfung. Eine ziemlich miese Darbietung von uns Menschen, würde ich mal meinen.»

«Darauf werde ich gleich zu sprechen kommen», fuhr Shada besänftigend fort, «denn dieses Weltbild baut auf folgender Theorie auf: bisher gab es vier Naturreiche. Das fünfte ist gerade im Begriff, sich zu entfalten. Nach dem Mineralreich, dem Pflanzenreich und dem Tierreich kam als nächste Stufe der Evolution schliesslich das Menschenreich auf die Erde. Von diesem Standpunkt aus steht der Mensch tatsächlich über den niederen drei Reichen der Natur. Das Dumme an der Sache ist nur, dass die meisten Leute bildlich gesprochen rückwärts oder abwärts schauen, anstatt vorwärts oder nach oben zu blicken. Wenn sie das täten, würden sie nämlich erkennen, dass sie auf der universellen Leiter aller Lebewesen wohl doch nicht ganz so weit oben stehen, wie sie immer meinen. Es gibt weitaus intelligentere Lebensformen in verschiedenen Dimensionen, und selbst diese sind noch weit davon entfernt, sich Krone der Schöpfung zu nennen.»

«Das wir uns als Spezies Mensch nicht gerade in den TopTen der Schlausten Lebewesen unter der Sonne befinden, habe ich natürlich schon immer vermutet», hakte Orion nach. «Wir belegen wohl eher den Spitzenplatz in der Hitparade der Halbschlauen. Aber du hast vorher noch ein fünftes Naturreich erwähnt. Was hat es denn damit auf sich?»

«Bisher wurde der gewöhnliche Durchschnittsmensch hauptsächlich von seinen tierischen, urzeitlichen Instinkten geleitet», beantwortete Shada die Frage höflich. «Doch nun manifestiert sich allmählich ein völlig neues Bewusstsein auf der Erde. Dieses spirituell ausgerichtete Seelenbewusstsein bringt eine komplett neue Wahrnehmung mit sich und wird die Welt in relativ kurzer Zeit radikal verändern. Deshalb spricht man vom fünften Naturreich als nächsten Evolutionsschritt. Man könnte es auch *das Reich der erwachten Seelen* nennen. Nach diesem geistigen Quantensprung in der Entwicklung der Erde wird es diejenige Art von Menschen nicht mehr geben, die mit ihrer vom niederen Ego gesteuerten Persönlichkeit alles zugrunde richten. Der neue Menschentyp der Zukunft wird mit seinem hohen, erhabenen, von reiner Seelenenergie durchdrungenem Bewusstsein ganz automatisch in Harmonie mit der Schöpfung leben. Er wird sich nicht mehr bloss mit seinem sterblichen Körper identifizieren, sondern wissen, dass er Teil von einem unermesslich grösseren Prozess ist. So steht es im Buch der Natur geschrieben und nach dieser Vorgabe muss und wird sich der göttliche Plan entfalten.»

«Dass wir Menschen bloss ein Teil der Natur sind, dürfte mittlerweile wohl so ziemlich jedem bekannt sein», dachte Orion laut nach. «Und trotzdem verschmutzen wir den Planeten, also unsere Lebensgrundlage, jeden Tag aufs Neue. Vielleicht sollten wir uns langsam damit beeilen, endlich umzudenken und den sogenannt niedereren Naturreichen mit Respekt zu begegnen und ihnen Sorge zu tragen.»

«Oh ja, da hast du vollkommen recht», seufzte Shada mit einem traurigen Glanz in den Augen, «denn die Erde ist wie alles andere auch ein lebender Organismus. Im Laufe der Jahrtausende haben sich die angehäuften Stimmungen der Menschen zu riesigen, dunklen Energiewolken aufgetürmt, die den Planeten umgeben. Alles, was jemals gedacht oder gefühlt worden ist, hat irgendwo in der Atmosphäre seine Spuren hinterlassen. Und jedes Mal, wenn etwas Schlimmes passiert, erhält dieses gewaltige Energiefeld noch mehr Nahrung. Man kann sagen, dass die für das menschliche Auge unsichtbare Aura von Mutter Erde die Gefühls- und Gedankenwelt ihrer Bewohner widerspiegelt. Genauso wie die Aura eines Menschen seine eigene Gedankenwelt widerspiegelt. Aber zum Glück gibt es in der geistigen Hierarchie diverse planetarische Wesen, die diese dunklen Schwingungsfelder ständig transformieren. Sonst wäre die Welt vermutlich schon längstens unbewohnbar geworden.»

Mit diesen tiefgreifenden Informationen beendete Shada schliesslich ihre Ausführungen und übergab das Wort wieder an das Oberhaupt Sardonyx.

«Meine liebe Shada, das hast du wie immer hervorragend erklärt, herzlichen Dank», schmunzelte Sardonyx erfreut. Dann nahmen seine liebenswürdigen Gesichtszüge plötzlich ernstere Konturen an, während er sich mit wie zum Gebet gefalteten Händen und wachem Blick an seine Gäste wandte.

«Nun habt ihr in kurzer Zeit relativ viele neue Informationen erhalten», sagte er mit ruhiger Stimme zu Orion und Robin, die dem Meister aufmerksam zuhörten. «Aber Weisheit muss immer zur Anwendung gebracht werden, da es sonst nur eine sinnlose Anhäufung von Wissen bedeutet. Und da ihr mit eurem jetzigen seelischen Reifegrad dafür qualifiziert seid, all dies in der Praxis anzuwenden, haben wir für euch beide eine kleine Abenteuerreise vorbereitet. Denn ihr habt das beschränkte weltliche Wissen nun hinter euch gelassen und seid sozusagen zu Studierenden an der kosmischen Universität aufgestiegen, wo wahres Wissen vermittelt wird. Doch bevor ein menschliches Wesen des vierten Naturreichs diese nächsthöhere spirituelle Einweihung erhält, muss es zuerst eine Art irdische Abschlussprüfung bestehen. In manchen Kulturen spricht man diesbezüglich auch von der dunklen Nacht der Seele. Selbstverständlich müsst ihr diesen wichtigen evolutionären Schritt nicht jetzt unternehmen, wenn ihr euch dafür noch nicht reif fühlt. In den Lichtreichen wird der freie Wille stets respektiert.»

«Also ich fühle mich eigentlich ziemlich bereit», meinte Robin ohne zu zögern, als würde es sich dabei um einen romantischen Waldspaziergang handeln. «Ich bin sozusagen reif für die Insel ... oder wo auch immer diese Reise hingehen soll.»

Orion hingegen war sich nicht so sicher, ob er innerlich tatsächlich schon bereit war für diesen Quantensprung in seiner seelischen Entwicklung. Andererseits wollte er sich vor der versammelten geistigen Hierarchie keine Blösse geben.

«Wenn dieser zerzauste Kerl das packt, dann kann ich das wohl schon lange», dachte er insgeheim, um sich selber zu motivieren. «Wäre doch gelacht, wenn ich diese Prüfung nicht bestehen sollte. Ausserdem mache ich so eine lustige kleine Abenteuerreise doch mit links, sogar noch vor dem Frühstück.»

Natürlich konnte der gute Orion nicht wissen, dass es für höherentwickelte Wesen völlig normal war, jegliche Gedanken zu lesen.

«Bist du dir wirklich sicher, dass du diese Prüfung absolvieren möchtest?», hakte Sardonyx mit väterlicher Fürsorge nochmals nach.

«Oh ja, das bin ich», bestätigte Orion mit aufgesetzter Selbstsicherheit. «Abgesehen davon muss doch jemand auf meinen Kumpel Robin aufpassen, damit er unterwegs nicht irgendwelche Faxen anstellt, nicht wahr?»

«Ich befürchte, es wird wohl eher umgekehrt sein, mein lieber Freund», grinste Robin amüsiert.

«Sehr schön», fasste Sardonyx die Situation mit ausgebreiteten Armen zusammen, «wenn ihr euch also gewappnet fühlt für diese Herausforderung, dann bitte ich euch, mir zu folgen.»

# Die Reise nach Sapas Mons

Gespannt und mit einem vor Aufregung leicht nervösen Kribbeln im Bauch trotteten Orion und Robin hinter Sardonyx her.

«Tschüss ihr beiden, hoffentlich bis bald», rief ihnen Päng zum Abschied hinterher, «ich drücke euch die Pfoten.»

«Bis bald, mein liebes Pänguru», antwortete Orion mit einem mulmigen Gefühl, dann verschwanden die drei Gestalten in einem Nebenraum.

«Ihr braucht keine Angst zu haben, denn auf telepathischer Ebene seid ihr die ganze Zeit mit uns verbunden», beruhigte sie Sardonyx. «Das heisst, wir können jederzeit helfend eingreifen und das Experiment abbrechen, wenn es sein muss.»

«Hmmh, Experiment?», meinte Robin skeptisch. «Das tönt irgendwie eher nach einer improvisierten Reise ins Ungewisse als nach einer gut durchorganisierten Pfadfinderübung.»

«Es ist auch eine Reise ins Ungewisse», gab Sardonyx offen zu, «denn schliesslich haben wir absolut keinen Einfluss darauf, wie sich das Ganze entwickeln wird. Das hängt nämlich ganz allein davon ab, wie ihr euch verhalten werdet. Aber das Positive daran ist, dass euer Bewusstsein mit jeder gelernten Aufgabe wächst. Das schafft gute Voraussetzungen für kommende Inkarnationen, denn der Lichtweg ist unendlich. Früher oder später werden auch diejenigen Erdenmenschen diesen Weg gehen, die jetzt noch unbewusst im materiellen Dämmerschlaf vor sich hinvegetieren. Aber ihr habt das Privileg, diese einzigartige Abenteuerreise schon jetzt unternehmen zu dürfen, verstehst du?»

«Ja ... ich denke schon», kam die plötzlich nicht mehr so überzeugte Antwort.

Nachdem Sardonyx, das Oberhaupt der planetarischen Hierarchie, die Tür hinter sich geschlossen hatte, bat er die beiden Aspiranten, sich auf eine runde, blau markierte Fläche zu stellen.

«Das, was jetzt gleich passieren wird, könnte man in eurer Sprache wohl am ehesten mit den Begriffen Teleportation oder Zeitreise umschreiben», erklärte er geduldig. «Aber der rein technische Aspekt dieser Reise ist für euch momentan nicht so wichtig. Viel wichtiger ist Folgendes: ihr werdet nun gleich in ein fremdes Land versetzt, welches sich auf einem noch nicht so weit entwickelten Planeten am Rande der Andromeda-Galaxie befindet. Die Entfernung beträgt knapp drei Millionen Lichtjahre, aber die Reise dorthin dauert trotzdem nur wenige Sekunden.»

Dann schnallte er den beiden je ein silbernes Armband um das Handgelenk.

«Seht ihr diesen winzigen roten Knopf da? Das ist der Notfallschalter. Sobald ihr diesen betätigt, werdet ihr augenblicklich in diesen Raum zurückbefördert. Ansonsten werdet ihr sowieso automatisch hierhin zurück verfrachtet, sobald ihr alle Aufgaben erfüllt habt. Am besten betrachtet ihr diese Übung als eine Art Spiel. Aber ich muss euch dennoch warnen: Seid stets achtsam, denn man wird euch unterwegs viele Fallen stellen, um euer Verhalten zu testen. Habt ihr noch Fragen dazu?»

«Also, ich hätte ehrlich gesagt noch ungefähr mindestens hundert Fragen, die mir gerade durch den Kopf geistern», meinte Orion achselzuckend. «Denn ich habe keine Ahnung, auf was ich mich da wieder einmal eingelassen habe. Aber easy, es wird schon schiefgehen. Und vielleicht ist es ja auch besser, wenn wir im Voraus gar nicht allzu viel wissen. Oder was denkst du, Robin?»

«Mir geht es genau gleich. Deshalb schlage ich vor, dass wir uns einfach mal kopfüber in dieses intergalaktische Abenteuer stürzen.»

Kurz darauf ging es dann auch schon los. Während Sardonyx irgendwas an einem ultramodernen Computer hantierte, um die Teleportation zu ermöglichen, begannen die Körper von Robin und Orion immer stärker zu vibrieren. Ab einem bestimmten Punkt war die Schwingungsfrequenz der Atome und Moleküle schliesslich dermassen schnell, dass sich die körperliche Form buchstäblich in Luft auflöste. Zum Glück hatte Sardonyx alles richtig programmiert, so dass sich die atomare Struktur der beiden Reisenden wenig später automatisch wieder nach dem vorgegebenen Bauplan zusammensetzte.

«Puh, mir ist ganz schwindlig», brummelte Orion völlig zerknittert. «Hast du zufällig eine Ahnung, wo wir uns befinden?»

«Nein, aber dafür habe ich einen so schrecklichen Durst, dass ich einen ganzen See ausschlürfen könnte», stöhnte Robin. «Das muss wohl am Jetlag liegen. Wollen wir mal schauen, ob es hier in der Andromeda-Galaxie irgendeinen Supermarkt oder etwas Ähnliches gibt?»

«Gute Idee. So eine intergalaktische Reise gibt ja ganz schön Kohldampf. Ausserdem habe ich gar nicht gewusst, dass mein Körper eine Art Puzzle ist, das man einfach nach Belieben auseinandernehmen und wieder zusammensetzten kann.»

«Tja, anscheinend gibt es nichts, was es nicht gibt», gähnte Robin, während er sich reckte und streckte. Danach rappelten sich die beiden Kameraden auf und marschierten ziellos in irgendeine Richtung. Die Umgebung, die mehrheitlich aus rötlichem Vulkangestein bestand, sah jedenfalls nicht sehr einladend aus. Aber wenigstens war die Temperatur angenehm mild, so dass sie weder frieren noch schwitzen mussten.

Nachdem sie ungefähr zwanzig Minuten über Stock und Stein gewandert waren, gelangten sie plötzlich an einen Abgrund. Zuerst glaubten sie, ihren Augen nicht zu trauen. Denn direkt vor ihnen klaffte völlig unerwartet ein riesengrosses Loch in der Erde.

«Wow, sieh dir das an», staunte Orion, «das muss wohl ein erloschener Vulkankrater sein, der sich mit der Zeit immer tiefer in die Erde abgesenkt hat.»

Erst dann entdeckten sie, dass es inmitten des Kraters Tausende von Häusern gab. Auf den ersten Blick konnte man diese eigenartige Vulkanstadt jedoch gar nicht als solche erkennen, weil sämtliche Gebäude aus demselben rötlichen Gestein erbaut waren, welches auch das gesamte Landschaftsbild ringsherum prägte.

«Na, das nenne ich aber mal eine gute Tarnung», meinte Robin beeindruckt. «Und demzufolge müsste es hier auch irgendwelches Leben geben, sofern es sich hier nicht um eine völlig ausgestorbene Geisterstadt handelt.»

Es dauerte nicht lange, bis sie einen schmalen, steinigen Wanderweg fanden, der im Zickzack den steilen Hang hinunterführte. Nach einer weiteren Viertelstunde Fussmarsch erreichten sie endlich die ersten Häuser der Stadt.

«Hey, sieh mal, da drüben gibt es sogar eine Ortstafel», rief Orion entzückt. «Das stimmt mich irgendwie schon mal zuversichtlich.»

«Was steht denn da drauf? Kannst du das entziffern?», erwiderte Robin mit zusammengekniffenen Augen.

Nachdem Orion die Tafel eine Weile lang konzentriert angestarrt hatte, sagte er schliesslich trocken: «Sapas Mons.»

«Sapas was?»

«Sapas Mons», wiederholte Orion. «Das muss wohl der Name dieser Stadt hier sein. Wahrscheinlich bedeutet das ungefähr so viel wie *die Stadt im Vulkankrater* oder so ähnlich.»

«Hübscher Name. Solange der Vulkan nicht ausbricht, kann dieses Kaff von mir aus so heissen, wie es will», scherzte Robin erleichtert. «Wie dem auch sei, lass uns zuerst einmal ein anständiges Restaurant suchen. Wer weiss, vielleicht gibt es sogar ja irgendwelche Tapas in Sapas.»

Tatsächlich fanden die beiden erschöpften und hungrigen Wanderer kurz darauf ein schummrig beleuchtetes Gebäude, das zumindest von aussen wie eine Art Restaurant aussah. Als sie etwas zögerlich durch die Eingangstür zottelten, bot sich ihnen jedoch ein ziemlich merkwürdiges Bild. In dieser eher düsteren Spelunke trieb sich offenbar allerlei übles Gesindel herum, das konnte man zweifellos schon auf den ersten Blick feststellen. Allerdings schienen sich im hinteren Bereich des Saales auch etwas vornehmere Gäste aufzuhalten, wie man an den schicken Kleidern unschwer erkennen konnte. Auf der anderen Seite, ein bisschen versteckt, befand sich eine lange Theke, wo es noch freie Plätze gab.

«Komm, wir setzen uns doch einfach mal da hinten an die Bar», schlug Orion vor, worauf er einen kritischen Blick erntete.

«Bist du sicher?», flüsterte Robin vorsichtig. «Wenn du mich fragst, dann macht der Laden hier einen ziemlich heruntergekommenen Eindruck. Schau dir bloss mal die komischen Freaks da drüben an.»

«Ich weiss, Kumpel», entgegnete Orion leise, «aber wir haben keine andere Wahl. Erstens brauchen wir dringend Nahrung und zweitens müssen wir herausfinden, was es mit dieser seltsamen Vulkanstadt auf sich hat.»

Wenig später sassen die beiden Fremdlinge gespannt an der Bar und versuchten, sich so unauffällig wie möglich zu verhalten.

«Willkommen in Sapas Mons, meine lieben Freunde», begrüsste sie die Dame hinter der Theke überschwänglich. «Ich heisse Roxanna. Möchtet ihr etwas bestellen?»

«Wir ... ähem ... also», stammelte Robin verlegen.

«Ach, ich verstehe», lächelte Roxanna charmant. «Ihr seid wohl nicht von hier. Touristen?»

«Jawohl, ganz genau», nickte Robin hastig mit dem Kopf, «normale Touristen. Diese Stadt soll ja sehr interessant sein, hat man uns im Reisebüro gesagt.»

Darauf lachte Roxanna laut heraus. «Reisebüro? Was soll das denn sein? So etwas gibt es auf unserem Planeten nicht. Wo kommt ihr denn her?»

Nun ergriff Orion, der im Gegensatz zu Robin völlig gelassen war, das Wort. «Wir kommen von der Erde», erklärte er lässig. «Das ist ein wunderschöner Planet irgendwo am Rande der Milchstrasse. Nur schade, dass wir Menschen unsere Heimat bereits fast vollständig zerstört haben.»

«Von der Erde habe ich noch nie etwas gehört, und von einer Milchstrasse schon gar nicht», erwiderte die Dame achselzuckend. «Aber es gibt ja auch ziemlich viele Planeten da draussen. Wie soll man jeden einzelnen mit Namen kennen? Wie auch immer, solange ihr nicht vom Sternensystem Ceti kommt, ist mir das eigentlich völlig schnuppe.»

«Wieso? Was ist mit denen? Sind die nicht so nett?»

«Ach, das sind ganz üble Kreaturen, die unser friedliebendes Volk schon vor langer Zeit infiltriert haben. Seht ihr diese hässlichen Figuren da vorne?» Roxanna machte eine abfällige Geste in Richtung Ausgang. «Sämtliche Typen an diesem Tisch dort sind ursprünglich Cetianer. Viele von diesen Missgeburten haben sich mittlerweile schon mit unserem eigenen Volk vermischt. Gewaltsam, wohlgemerkt. Inzwischen kann man die Guten schon fast nicht mehr von den Bösen unterscheiden. Zur Sicherheit nehmt ihr euch also besser in Acht, egal, mit wem ihr es während eurem Aufenthalt hier zu tun habt.»

«Sind diese Ceti-Kerle denn wirklich so gefährlich?», wollte Robin wissen. «Ich meine, dort, wo ich herkomme, herrscht gelinde ausgedrückt auch nicht gerade eitel Sonnenschein.»

«Das mag sein», erklärte Roxanna nun etwas vorsichtiger. «Aber diese Wesen arbeiten häufig mit Fremdenergien. Das heisst, sobald sie irgendwo eine energetische Lücke in der Aura entdecken, schlüpfen sie unbemerkt hinein und besetzen im wahrsten Sinne des Wortes den Körper des meist ahnungslosen Opfers. Anschliessend rauben sie ihm die Lebenskraft. Ja, das sind regelrechte Energievampire, die alles und jeden aussaugen. Solange ihr euch hier in Sapas Mons aufhaltet, ist es also empfehlenswert, ständig eure Aura zu reinigen und euch vor dunklen Energieräubern aller Art zu schützen.»

«Hoppla, das sind ja schöne Aussichten», lächelte Robin gequält. «Scheint so, als hätten wir für unsere Abenteuerferien genau den richtigen Ort erwischt.»

«Macht euch deswegen keine unnötigen Sorgen», fuhr Roxanna in etwas optimistischerem Tonfall fort. «Denn zum Glück gibt es auch freundliche Lichtwesen, die auf uns aufpassen. Seht ihr zum Beispiel die Frau da drüben?»

Unauffällig drehten Orion und Robin den Kopf und spähten in die andere Richtung. Dort, wo die mehr oder weniger normal aussehenden Gäste sassen, erblickten sie tatsächlich eine sonderbare Frau. Ganz subtil, aber dennoch von blossem Auge erkennbar, ging von ihr ein strahlend weisses Licht aus, das ihren gesamten Körper wie eine Schutzhülle umgab. Als hätte sie die auf ihr ruhenden Blicke intuitiv gespürt, drehte sie sich genau in diesem Moment um und schaute Orion direkt in die Augen. Dieser kurze

Blick traf ihn buchstäblich wie ein Blitz aus heiterem Himmel und berührte ihn bis in das Innerste seiner Seele. Unbewusst spürte er sofort, dass es sich bei dieser Frau um ein seelisch sehr hoch entwickeltes Wesen handeln musste.

«Meine Güte, wer ist denn das?», murmelte er fassungslos vor sich hin. «Etwa ein Engel?»

«Das ist Dana von den Plejaden», kicherte Roxanna amüsiert, während sie der Frau mit der lichtvollen Aura freundlich zuwinkte. «Wie gesagt, die Plejader sind diejenigen, die uns vor den boshaften Ceti-Kreaturen beschützen. Naja, der klassische Kampf zwischen Gut und Böse eben. Und wir Vulkankinder stecken irgendwo zwischendrin. Vermutlich ergeht es der menschlichen Rasse auf der Erde ungefähr ähnlich, könnte ich mir vorstellen.»

Schliesslich servierte die äusserst gastfreundliche Bardame den beiden eine ausgiebige Mahlzeit. «Das ist eine rein pflanzliche Spezialität aus Sapas Mons», informierte Roxanna höflich. «Denn das Fleisch von ermordeten Tierleichen fressen bei uns nur die geistig zurückgebliebenen Cetianer. Wir essen, sie fressen. Das ist ein gewaltiger Unterschied.»

Dann stellte sie zwei grosse, mit einer orangefarbenen Flüssigkeit gefüllte Gläser auf den Tisch. «Und das hier ist unser intergalaktisch berühmte Zaubertrank. Frisches Quellwasser, direkt aus den Tiefen des Vulkans. Keine Angst, die Farbe ist völlig natürlich, ich werde euch schon nicht vergiften. Lasst es euch schmecken.»

Während sich Robin und Orion mit allerlei Köstlichkeiten aus Sapas Mons den Magen vollschlugen, plauderte die bezaubernde Roxanna fast ununterbrochen mit den beiden wissbegierigen, an allem interessierten Gästen. Dabei merkte gar niemand, dass sie die ganze Zeit über mehr oder weniger unauffällig beobachtet und belauscht wurden.

Einerseits von den zwielichtigen Gestalten am Ceti-Tisch, andererseits aber auch von Dana, der anmutigen Plejaderin.

«Habt ihr das gehört, Freunde?», zischte einer der Cetianer mit seiner gespaltenen Zunge und den spitzen Eckzähnen leise. «Die zwei Typen da drüben, das sind anscheinend Erdlinge. Oder zumindest einer von ihnen. Wisst ihr, was das heisst?»

«Oh ja», sabberte ein anderer dieser grünlichen, reptilienhaften Kreaturen, «auf der Erde gibt es bekanntlich diverse Bodenschätze und vor allem Gold. Sehr viel Gold sogar.»

«Richtig erkannt», knurrte ein dritter am Tisch. «Wir sollten uns denen vorsichtshalber mal an die Fersen heften. Wer weiss, vielleicht springt ja irgendwas dabei raus. Auch wenn es nur Informationen sind, wie wir an die dortigen Bodenschätze gelangen.»

Dummerweise wussten die niederträchtigen Cetianer nicht, dass Dana, die in der gegenüberliegenden Ecke sass, die Gabe des telepathischen Hellhörens besass. Das heisst, sie konnte jedes beliebige Gespräch heimlich mitverfolgen, wenn sie wollte.

Inzwischen hatte die gutmütige Roxanna, die zugleich auch die Besitzerin dieses Restaurants war, ihren sympathischen Gästen ein attraktives Angebot unterbreitet. «Wenn ihr mir dabei helft, den ganzen Laden nach Feierabend sauber zu machen, dann dürft ihr die Nacht gratis im Gästezimmer verbringen. Im oberen Stock vermiete ich nämlich noch ein paar Zimmer, aber zurzeit stehen sowieso alle leer.»

Selbstverständlich nahmen Robin und Orion dieses edle Angebot dankend an, obschon ihnen für die Reise eigentlich mehr als genügend Zahlungsmittel mitgegeben wurden. Denn hier in Sapas Mons verwendete man anstelle von Papiergeld lediglich kleine, rötliche Plättchen aus geschliffenem Vulkangestein. Diese existierten in rechteckiger sowie in runder Form. Die runden Münzen hatten in der Mitte ein ausgestanztes Loch, weshalb sie Orion ein wenig an Donuts erinnerten. Aber Optik hin oder her, auch hier waren offensichtlich viele Bewohner charakterlich verdorben, bloss wegen irgendwelchen scheinbaren Wertgegenständen.

Wie auch immer, auf jeden Fall fügte sich wie durch Zauberhand alles so, dass die beiden Schicksalsgefährten je ein Zimmer erhielten, welche sich direkt nebeneinander befanden. Noch wussten die beiden Schüler auf dem Pfad der Weisheit nicht, dass die nächste Lektion darin bestehen sollte, ihre psychische Standfestigkeit auf die Probe zu stellen. Würde es ihnen gelingen, die seelische Vervollkommnung zu erreichen und das grosse Werk vieler Inkarnationszyklen endlich zum Abschluss zu bringen? Oder würde es den dunklen Mächten, diesen geschickten Seelenfängern gelingen, sie erneut mit ihrem fein gesponnenen Netz aus Illusionen, Lügen und weltlichen Verlockungen zu umgarnen? In der Einweihungslehre sämtlicher grossen Meister und planetarischen Lenker wurde diese letzte und alles entscheidende Prüfung schliesslich nicht umsonst als *die dunkle Nacht der Seele* bezeichnet. Denn exakt an diesem Punkt in der evolutionären Entwicklungsreise einer jeden Seele wurde entschieden, ob jemand reif genug war, den sogenannten Tod ein für alle Mal zu überwinden und die irdische Laufbahn zu beenden. Immerhin waren unheimlich viele Leben notwendig gewesen, um überhaupt erst an diesen Punkt, an diese wichtige kosmische Weggabelung, zu gelangen. Aber zum Glück hatte der weise Sardonyx die beiden Anwärter bereits im Voraus auf diese kommende Prüfung aufmerksam gemacht.

# Die dunkle Nacht der Seele

Nachdem um Mitternacht alle Gäste das Lokal verlassen hatten, halfen Orion und Robin wie versprochen beim Aufräumen. Als dies pflichtbewusst erledigt war, führte Roxanna die beiden Gäste die Treppe hinauf.

«So, da wären wir», erklärte sie höflich. «Eure Zimmer liegen gleich nebeneinander. Meine Wohnung befindet sich übrigens im zweiten Stock. Falls irgendetwas sein sollte, könnt ihr mich jederzeit wecken, das ist überhaupt kein Problem.»

«Wieso, was sollte denn sein?», fragte Robin etwas stutzig. «Gibt es hier etwa Einbrecher oder so?»

«Nein, normalerweise eigentlich nicht», erwiderte Roxanna achselzuckend. «Aber man weiss ja nie. Also dann, gute Nacht.»

«Gute Nacht, Roxanna», gähnte Robin todmüde, «und vielen Dank nochmals für das grosszügige Angebot. Ich freue mich schon darauf, morgen die Umgebung von Sapas Mons zu erkunden. Das wird bestimmt ein toller Tag werden.»

Zu diesem Zeitpunkt konnte der gute Robin natürlich nicht wissen, dass es für ihn nie dazu kommen würde, die Stadt zu besichtigen. Orion war der Einzige, der in dieser Nacht mit einem unangenehm mulmigen Bauchgefühl ins Bett ging. Obschon er krampfhaft versuchte, sich diese seltsam dunkle Vorahnung irgendwie auszureden, fiel er erst nach einer gefühlten Ewigkeit in einen unruhigen Schlaf. Als wäre dies nicht schon genug gewesen, wurde er zu alldem noch geplagt von äusserst merkwürdigen Träumen.

Plötzlich, mitten in der Nacht, erwachte Orion schweissgebadet. Sein Herz raste wie wild, als wollte es ihn vor irgendetwas Unbekanntem warnen.

«Beruhige dich, alter Junge», sagte er innerlich zu sich selber, «es ist alles in Ordnung.»

Doch gerade als er sich wieder hinlegen wollte, vernahm er draussen im Korridor ein polterndes Geräusch.

«Robin», war der erste Gedanke, der ihm durch den Kopf schoss, «da muss etwas passiert sein.»

Ohne zu zögern sprang er aus dem Bett und riss die Zimmertür auf um nachzuschauen, was da los war. Doch anstatt Robin standen völlig unerwartet zwei bedrohliche Kreaturen vor ihm, die in der Dunkelheit nur schemenhaft zu erkennen waren. Bevor Orion jedoch irgendeinen Laut von sich geben konnte, presste ihm einer der beiden seine stinkende Hand auf den Mund und schubste ihn grob zurück ins Zimmer.

«Psst, keine Angst, Kleiner, wir tun dir nichts», hörte er eine unsympathische Stimme sagen. «Wir wollen lediglich ein paar Informationen. Setz dich.»

Immer noch völlig durcheinander setzte sich Orion wie geheissen auf die Bettkante, während er verzweifelt versuchte, seine wild rasenden Gedanken einigermassen unter Kontrolle zu bringen. Durch das halb geöffnete Fenster drang fahles Sternenlicht in den Raum. Dadurch konnte Orion wenigstens halbwegs erkennen, mit wem er es hier zu tun hatte. Plötzlich erinnerte er sich, wo er diese Typen schon einmal gesehen hatte.

«Ha! Ich weiss, wer ihr seid», platzte es aus ihm

heraus, «denn ich habe euch heute Abend unten im Restaurant beobachtet. Ihr seid die machtgierigen Wesen von einem Stern Namens *Tau Ceti*, stimmt's? Roxanna hat mir alles erzählt. Aber leider muss ich euch enttäuschen, denn ich habe keine Angst vor euch.»

«Noch nicht, du naiver Erdling», knurrte der eine verächtlich, «aber freu dich bloss nicht zu früh.»

«Wieso? Vorfreude ist bekanntlich die schönste Freude», konterte Orion angriffslustig. Instinktiv wusste er, dass er auf keinen Fall Furcht oder sonstige negative Emotionen zeigen durfte. Denn dadurch erhielten diese Wesen nur noch mehr Macht, da sie sich von solchen Energien sozusagen ernährten. Dann kamen ihm plötzlich die warnenden Worte in den Sinn, die ihm Sardonyx kurz vor der Abreise mehrere Male eingeprägt hatte.

Sie lauteten wie folgt:

*«Auch wenn bösartige Wesen versuchen, dich auf den linken Pfad zu bringen, bleib standhaft. Denn dieser Pfad führt abwärts in die materielle Welt und hält deine Seele im Rad der Wiedergeburt gefangen. Dieser Kampf zwischen der niederen und der höheren Natur zieht sich über eine ganze Reihe von Leben hin. Aber in irgendeinem Leben kommt der kritische Punkt, wo du dich endgültig entscheiden musst. Willst du dich weiterhin zu egoistischen Handlungen aus niederen Beweggründen verleiten lassen? Oder willst du deinen Körper endlich aus diesem Kerker der dichten Materie befreien und dem grossen, göttlichen Plan dienen? Denk stets daran, dass die dunklen Mächte die ahnungslosen Menschen nur als billige Werkzeuge missbrauchen, weil sie selber abgeschnit-*

*ten sind vom kosmischen Energiestrom der Schöpfer-kraft.»*

Während sich Orion diese wichtigen Worte wieder ins Gedächtnis rief, wurden die beiden Eindringlinge langsam ungeduldig.

«Hey», schrie einer so laut, dass Robin im Neben-zimmer erwachte.

«Was?», zuckte Orion zusammen, da er gedanklich gerade völlig weggetreten war.

«Ich habe dich gefragt, wo es die meisten Boden-schätze gibt. Unser Volk braucht nämlich dringend Nachschub, da wir sämtliche Planeten in der Umge-bung bereits ausgeplündert haben. Genauso wie die-ses hässliche Sapas Mons hier, das nur noch eine ver-kackte, öde Steinwüste ist.»

«Eine verkackte Steinwüste, haha», lachte der an-dere dümmlich. «Das hast du aber schön gesagt.»

Nach einer kurzen Denkpause wandte sich der ge-rissene Wortführer erneut an Orion, diesmal jedoch mit einer total anderen Strategie. Mit treuherzigem Blick schaute er sein Opfer an, so dass seine norma-lerweise aggressiven, stechend roten Augen in einem etwas sanfteren Orange leuchteten.

«Es tut mir leid, ich wollte dich nicht anschrei-en», säuselte er mit auf einmal zuckersüsser Stimme. «Wir könnten zusammenarbeiten, ja, vielleicht sogar Freunde werden. Was hältst du von folgendem Vor-schlag? Wir bringen dich sicher zurück auf die Erde, und du verschaffst uns dafür Zugang zu bestimmten Informationen. Im Gegenzug sorgen wir dafür, dass du unendlich viel weltliche Macht erhältst. Wenn du mit uns brav kooperierst, wirst du ein sehr erfolgreicher und angesehener Mensch werden, der weit über dem normalen Durchschnittsbürger steht. Na, was meinst du dazu? Tönt dieses Angebot nicht verlockend, Partner?»

Orion blickte dieser scheinheiligen Kreatur geradewegs in die Augen, ohne sich sein Unbehagen anmerken zu lassen. Obwohl ihn die eindringlichen, unreinen Gedanken dieses schlüpfrigen Reptilienwesens auf einer unbewussten Ebene massiv bedrängten, nahm er mit seinem geistigen Auge etwas noch viel Beängstigenderes wahr. Und zwar sah er deutlich, wie aus dem Zungenbereich des Lügners eine graue, düstere Energiewabe entwich, die sich wie ein giftiger Virus in seine eigene Aura einklinken wollte. Ziel dieser energetischen Attacke war es offensichtlich, ein Schlupfloch im Energiefeld des Opfers zu finden und anschliessend die niederen Instinkte zu allerlei Schandtaten anzustiften. Während Orion fieberhaft überlegte, welche Taktik er nun am besten anwenden sollte, geschah plötzlich etwas Unerwartetes. Auf einmal wurde von aussen ruckartig die Zimmertür aufgerissen, und Robin stand kampfbereit unter dem Türrahmen.

«Wer es wagt, meinen Kumpel anzufassen, kriegt es mit mir zu tun, verstanden?», knurrte er wie ein Raubtier kurz vor dem Angriff. Die beiden Cetianer waren von dieser plötzlichen Störung dermassen überrascht, dass sie zunächst wie versteinert stehen blieben und den Eindringling verstört anglotzten. Robin hingegen erkannte die günstige Gelegenheit sofort und reagierte blitzschnell. Mit grossen Schritten marschierte er direkt auf die beiden verdutzten Gestalten zu mit der

Absicht, sie am Kragen zu packen.

«Verschwindet sofort von hier, oder ich schmeisse euch eigenhändig zum Fenster hinaus, elendes Gesindel», wiederholte er seine Drohung mit erhobenem Zeigefinger.

Mittlerweile hatten sich die beiden kriegserprobten Seelenfänger vom Stern Tau Ceti jedoch wieder gefasst. Mit einer unerwarteten Geschmeidigkeit formierten sie sich flink wie zwei junge Wiesel in einer offensichtlich gut eingeübten Verteidigungsposition. Während sich der etwas plumpe Robin wie ein Elefant im Porzellanladen aufführte und wild drauflos polterte, wehrten die Cetianer den planlosen Angriff routiniert ab. Robins edelmütiger Versuch, seinen Kumpel Orion zu retten, schien von Anfang an zum Scheitern verurteilt zu sein. Als er den ersten, eher schmächtig aussehenden Kerl mit beiden Händen am Kragen packen wollte, wich dieser mit einer eleganten Bewegung aus. Gleichzeitig stürzte sich der andere von der Seite her auf Robin und beförderte ihn mit einem bilderbuchmässigen Karatewurf zu Boden. Orion hatte bisher nur fassungslos zugeschaut, was sich da gerade Unglaubliches vor seinen Augen abspielte. Doch jetzt war für ihn eindeutig der Zeitpunkt gekommen, um ebenfalls tatkräftig einzugreifen.

«Hey, ihr Pfeifen», schrie er provozierend, «lasst ihn sofort los, sonst gibt's Kloppe. Habt ihr gehört?»

Weil die bösen Jungs jedoch keine Anzeichen machten, von Robin abzulassen, sprang Orion kurz entschlossen mitten auf den Haufen drauf. In einer filmreifen Aktion nahm er den einen lässig in den Schwitzkasten, während er dem anderen gleichzeitig einen Fusstritt in die Magengrube verpasste.

«Wer nicht hören will, muss fühlen», fauchte Orion inmitten des Kampfes. «Das gilt auch für euch, ihr bescheuerten Reptilienfressen. Verstanden?»

Unterdessen hatte auch Robin fleissig vom Faustrecht Gebrauch gemacht. Unter grösster körperlicher Anstrengung war es ihm tatsächlich gelungen, seinen Peiniger, der eben noch auf seinem Brustkorb gelegen und ihn fast erstickt hatte, halbwegs abzuschütteln. Während sich die vier Gestalten im halbdunklen Zimmer mitten in der Nacht prügelnd auf dem Fussboden wälzten, gewannen die menschlichen Vertreter allmählich immer mehr die Oberhand. Die Cetianer mochten zwar kampftechnisch überlegen sein, aber sie besassen eben nicht die verbissene Willensstärke der abgehärteten Menschen. Und genau dieser angeborene Überlebensinstinkt, welcher Orion und Robin in dieser dramatischen Notfallsituation beinahe übernatürliche Kräfte verlieh, rettete sie im entscheidenden Moment.

Schliesslich gaben die Cetianer den Kampf frustriert auf, während sie schäumend vor Wut irgendwelche unverständliche, knurrende und gurgelnde Laute von sich gaben.

«Na gut, diese Runde geht an euch», brummelte einer der Cetianer zähneknirschend. «Aber wir werden uns schon sehr bald wiedersehen, darauf könnt ihr Gift nehmen. Denn ein wahrer Cetianer bekommt immer, was er will. Koste es, was es wolle.»

«Ach, was du nicht sagst, Mister Grossmaul», lachte Robin schadenfreudig. «Ihr zwei niedlichen Knirpse seid ja sooo wahnsinnig furchteinflössend, dass mir jetzt schon die Knie zittern vor Angst, haha.»

«Wahrscheinlich kommen diese Warmduscher das nächste Mal mit zehnfacher Verstärkung, damit sie vielleicht auch mal eine Chance gegen uns haben», doppelte Orion belustigt nach. «Es gibt sicher noch genügend von diesen lächerlichen Witzfiguren, die sich hier als böse Jungs aufspielen wollen. Hey, kommt doch mal zu Besuch auf die Erde, wenn ihr genug Mumm in den Knochen habt. Dann zeigen wir euch mal, was Sache ist.»

In dem Moment drehte sich einer der gedemütigten Verlierer ruckartig um und packte Robin energisch am Handgelenk.

«Hüte lieber deine Zunge, sonst wirst du es noch bitter bereuen», zischte er mit zornig funkelnden Augen.

Dummerweise hatte er Robin ausgerechnet an jenem Handgelenk gepackt, an welchem das Armband mit dem eingebauten Alarmknopf befestigt war. Während der Cetianer den Unterarm von Robin so fest zudrückte, als wollte er ihn brechen, wurde aus Versehen die Alarmfunktion aktiviert. Nach ein paar Sekunden des Zögerns, ob er Robin gleich auf der Stelle oder doch lieber erst später vernichten sollte, liess er schliesslich fauchend von ihm ab. Dann marschierten die hässlichen Wesen, die offenbar allesamt an einer Art narzisstischer Persönlichkeitsstörung zu leiden schienen, gekränkt, weil in ihrem Stolz verletzt, aus dem Zimmer und knallten trotzig die Tür hinter sich zu.

«Puh, endlich sind wir diese Nervensägen los», seufzte Robin erleichtert. «Denen haben wir es aber schön gezeigt, oder?»

«Das schon», erwiderte Orion entsetzt, «aber schau mal auf dein Handgelenk. Das Notfallarmband blinkt rot ...»

Noch bevor er den Satz zu Ende sprechen konnte, realisierte auch Robin, dass sich sein Körper immer mehr in Luft auflöste.

«Verdammt, irgendeine unwiderstehliche Kraft zieht mich zurück», keuchte Robin panisch. «Ich habe absolut keine Kontrolle mehr über meinen Körper. Orion, es tut mir so leid. Ich wollte dich nicht im Stich lassen.»

«Sorge dich nicht um mich, Robin», antwortete Orion ergriffen. «Immerhin hast du mir gerade das Leben gerettet. Das werde ich dir nie vergessen. Du bist ein wahrer Freund. Mach's gut.»

Nach einem letzten, traurigen Blickaustausch verblasste die atomare Struktur von Robins Körper immer schneller, bis in dieser Dimension schliesslich nichts mehr von ihr übrig war. Orion konnte es nicht fassen. Eben noch war in diesem Zimmer buchstäblich die Hölle los gewesen, und nun sass er plötzlich mutterseelenallein hier. Irgendwo auf einem unbekannten Planeten, ohne Plan und ohne Hoffnung. Während er in der Dunkelheit verzweifelt auf seinem Bett sass und über die Situation nachdachte, kullerte ihm auf einmal eine dicke Träne die Wange hinunter.

Obwohl es Orion zwar gelungen war, der gut inszenierten Verführung der Reptilienwesen zu widerstehen, spürte er nach wie vor die dunklen Energiefelder im Raum. Wie eine unangenehme Duftwolke waren diese für das Auge unsichtbaren Felder so programmiert worden, dass sie ihre Opfer auch weiterhin unbewusst bedrängen sollten. Noch nie im Leben hatte sich Orion so allein und verlassen gefühlt wie in diesem Augenblick der totalen geistigen Finsternis.

«Was soll das alles?», fragte er laut in die Dunkelheit hinaus. «Wieso ausgerechnet ich? Welches schlechte Karma muss ich hier abarbeiten?»

Dann kam ihm plötzlich eine Idee. Mit Tränen in den Augen schaute er auf sein eigenes Notfallarmband am rechten Handgelenk, welches ihm Sardonyx für alle Fälle mitgegeben hatte. Sanft strich Orion mit dem Zeigefinger über das unscheinbare Band, das ihn auf Knopfdruck in Sekundenschnelle zurückbefördern würde. Doch irgendetwas hinderte ihn daran, sich so einfach aus dieser Prüfung auszuklinken und sozusagen wie ein geschlagener Hund davonzuschleichen.

«Was ich gerade erlebe, das muss wohl diese viel zitierte, dunkle Nacht der Seele sein, die alle Menschen an einem gewissen Punkt in ihrer kosmischen Laufbahn durchmachen müssen», ging es ihm durch den Kopf. «Und auch ich werde diesen eingeschlagenen Weg zu Ende gehen und nicht aufgeben. Was auch passieren mag, ich werde einfach weitermachen. Selbst wenn ich nicht die geringste Ahnung habe, wo das alles hinführen soll.»

Mit diesem Gedanken legte sich Orion hin und versuchte zu schlafen. Obwohl er sich in dieser schweren Stunde innerlich kalt wie ein Eisblock fühlte, der völlig isoliert vom Rest des Universums vor sich hinvegetierte, sprach er sich innerlich ununterbrochen Mut zu. Ja, er betete, meditierte und wandte auch sonst alle ihm bekannten Methoden an, um sich irgendwie wieder zu verbinden mit was auch immer. Irgendwann fiel er schliesslich in einen unruhigen Schlaf und träumte äusserst seltsame Dinge, die sich jedoch höchst real anfühlten.

In seiner nächtlichen Vision beobachtete Orion sich selber, wie er ganz allein durch ein trübes, nebelverhangenes Tal wanderte. Seine innere Schau auf dieser Wanderung war ebenso verdunkelt wie die ihn umgebende Landschaft. Sogar die Sterne schienen sich vor seinem Blick auf geheimnisvolle Weise zu verhüllen. Tapfer durchschritt Orion das trostlose Tal, während er immer weiter hinaufmarschierte und die Luft allmählich dünner wurde.

Als er erschöpft eine Pause einlegte, hörte er plötzlich ein Geräusch hinter sich.

«Vor dir liegt der sagenumwobene Berg der Einweihung», sprach eine Stimme, die ebenso rau war wie das Wetter. «Nach der Dunkelheit folgt die Vision und auf die Nacht der Tag. Alles auf dieser Welt unterliegt dem Gesetz von Ebbe und Flut. Das gilt auch für dein Leben. Klammere dich deshalb niemals an die trügerische Welt der Formen, denn alles Materielle ist vergänglich. Nur das Geistige währt ewig.»

Überrascht von diesem unerwarteten Nachhilfeunterricht in Sachen Philosophie drehte sich Orion um. Doch was er dann erblickte, liess ihn vor Schreck erschauern.

Direkt vor ihm stand ein etwa zwei Meter fünfzig grosser Riese, der behaart war wie ein Affe und sich ganz ungezwungen auf einer ebenso gigantischen Holzkeule abstützte.

«Du ... du bist doch nicht etwa ...», stotterte Orion

verdutzt.

«... ein Schneemensch? Ein Yeti? Ein für euch Menschen sogenanntes Märchenwesen?», sprach der überaus kräftige Riese den Satz belustigt zu Ende. «Oh doch, wie du mit eigenen Augen siehst, bin ich genau das. Und wie du ebenfalls weisst, gibt es mehr Dinge zwischen ...»

«... Himmel und Erde, als man sich erträumt, ich weiss», winkte Orion immer noch etwas fassungslos ab. «Aber das ist ja auch nichts weiter als ein wirrer Traum.»

«Da könntest du dich täuschen, mein lieber Freund. Auf einer bestimmten Ebene träumst du zwar gerade davon, dass du durch die abgelegenen Hochgebirgs-täler des Himalaya wanderst. Auf einer anderen, dir momentan noch unverständlichen Ebene jedoch be-findest du dich tatsächlich hier. Es handelt sich also eher um so etwas wie eine Vision als um einen simplen Traum, verstehst du?»

«Ja sicher, alles klar, Herr Kommissar», entgegne-te Orion inzwischen ebenfalls leicht amüsiert. «Was haben sie mir den Schönes mitzuteilen, Monsieur Schneemann aus dem Himalaya?»

«Die Lenker der Menschheit haben mich aus-gesandt, um dir folgendes zu sagen: Wie du bereits weisst, stehst du kurz vor dem Abschluss deiner ir-dischen Entwicklung. Schon sehr bald erwarten dich neue, viel wichtigere Aufgaben. Diese Aufgaben kos-mischer Natur sind so unfassbar gewaltig, dass sich ein normaler, rein materialistisch denkender Durch-schnittsmensch absolut kein Bild davon machen kann. Aber du wirst nach jedem grossen Werk ein noch viel

Grösseres vollbringen, und zwar bis in alle Ewigkeit. Ich bin gekommen, um dir Mut zu machen und dir zu sagen: Halte durch und gib nicht auf. Alles geht vorüber, auch die schwärzeste Nacht. Erst danach findet die geistige Auferstehung statt und das wirkliche Leben beginnt.»

Orion schaute dem irgendwie liebenswürdigen, riesenhaften Yeti tief in die unerforschbaren Augen. Er wollte diese einmalige Gelegenheit eigentlich nutzen, um ihm zusätzlich noch ein paar Fragen zu stellen, die ihm gerade im Kopf herum spukten. Doch im selben Augenblick drehte sich die pelzige Kreatur geheimnisvoll lächelnd um und verschwand im dichten Nebel.

«Dort oben, hinter den schneebedeckten Gipfeln, in einem abgelegenen Tal, wohnen die unsterblichen Meister», hörte er ihn noch sagen. «Hab keine Angst, denn sie beobachten und beschützen dich sowie alle anderen Lichtarbeiter. *Finis Coronat Opus Magnum* ... erst das Ende krönt das grosse Werk.»

«He ... warte doch», rief ihm Orion verzweifelt hinterher, doch das scheinbare Fabelwesen aus dem Himalaya war bereits verschwunden. Kurz darauf verflüchtigte sich auf einmal wie durch Zauberhand die dicke Wolkenwand und gab den Blick frei auf die majestätischen, unerreichbaren Berggipfel. Ganz weit oben sah Orion tatsächlich ein funkelndes Licht, das ihn auf unerklärliche Weise tief in seiner Seele berührte und ihm neue Hoffnung gab.

Doch ehe er herausfinden konnte, um was es sich dabei genau handelte, wachte er nassgeschwitzt auf. Es dauerte eine Weile, bis sich Orion von dieser Vision wieder einigermassen erholt hatte. Erst dann kam ihm allmählich wieder ins Bewusstsein, wo er sich in Wirklichkeit befand.

«Sapas Mons», murmelte er leise vor sich hin, «und Robin ist auch verschwunden. Vermutlich werde ich ihn nie wiedersehen. Nun bin ich also ganz allein auf mich gestellt.»

Trotz allem fühlte er sich nach diesem seltsamen Traum irgendwie wieder gestärkt, um dem neuen Tag zu begegnen. Offenbar hatte der Yeti seine ihm aufgetragene Mission erfolgreich ausgeführt, wer auch immer ihn gesandt haben mochte.

# Der Morgen danach

Nachdem sich Orion frisch gemacht und angezogen hatte, ging er den Umständen entsprechend frohen Mutes die Treppe hinunter, um im Restaurant von Roxanna zu frühstücken.

«Nach dieser abenteuerlichen Nacht kann ich definitiv eine kleine Stärkung vertragen», dachte er, während ihm schon beim blossen Gedanken daran das Wasser im Mund zusammenlief. Doch plötzlich, von einer Sekunde auf die andere, beschlich ihn ein ungutes Gefühl, so als hätte jemand seine energetischen Alarmglocken aktiviert. Instinktiv blieb Orion mitten auf der Treppe stehen und horchte angestrengt, was da unten im Speisesaal vor sich ging. Zwar konnte er mit den physischen Ohren nicht wirklich etwas Aussergewöhnliches hören, aber dennoch nahm er unterschwellig merkwürdige Geräusche wahr. Und zwar handelte es sich um dieselben fremdartigen Klick- und Knackgeräusche, die er letzte Nacht schon zur Genüge gehört hatte.

«Oh nein», schoss es ihm sogleich durch den Kopf, «es gibt nur eine einzige Sprache, die im wahrsten Sinne so beknackt tönt ... diejenige der Cetianer.»

Kaum hatte er den Gedanken fertig gedacht, hörte er eine helle Frauenstimme verzweifelt schreien: «He, lasst mich gefälligst los, ihr schleimigen Mistkerle.»

Es bestand kein Zweifel, diese unverkennbare Stimme gehörte eindeutig zu Roxanna, der charmanten Besitzerin des Hotels. Orion duckte sich reflexartig und kroch auf allen vieren so weit die Treppe hinunter, bis er etwas sehen konnte. Vorsichtig spähte er zwischen dem Treppengeländer hindurch, wo er ein erschreckendes Szenario beobachten musste. Roxanna sass gefesselt auf einem Stuhl, während ringsherum eine Gruppe von gut einem Dutzend hässlicher Kreaturen vom Planeten Tau Ceti stand und sie bedrängte. Da Orion ihre komische Klick-Sprache nicht verstand, wusste er natürlich nicht, um was es genau ging. Aber auf jeden Fall sah die Sache gar nicht gut aus, das war schon mal klar.

«Ich weiss nicht, was ihr von mir wollt», kreischte Roxanna empört. «Ich kenne diese zwei Erdlinge ebenso wenig wie ihr. Das habe ich euch doch schon hundertmal gesagt.»

«Du lügst», knurrte Satrox der Anführer, diesmal in menschlicher Sprache.

«Nein, ich schwöre es, ich habe ...»

Doch Satrox, der Chef der boshaften Cetianer, glaubte ihr nicht. Noch ehe sie den Satz zu Ende sprechen konnte, verpasste er ihr mit verächtlicher Miene eine saftige Ohrfeige. Seine Untergebenen fanden diese Aktion anscheinend derart heldenhaft, dass sie vor Begeisterung laut johlten und in die Hände klatschten. Die arme Roxanna jedoch begann ob dieser öffentlichen Demütigung leise zu schluchzen. Bei diesem Anblick wurde Orion von einer solchen Wut gepackt, wie er es noch nie zuvor erlebt hatte. Denn wenn er etwas nicht ausstehen konnte, dann war es Ungerechtigkeit, beziehungsweise die Unterdrückung von wehrlosen Geschöpfen. Von einem inneren Feuer getrieben, riss er mit einem einzigen Ruck eine Art hölzerne Stange aus dem Treppengeländer, dann stürzte er sich ohne Schlachtplan mitten ins Getümmel.

«He, was zur Hölle …», brüllte Satrox überrascht.

Doch im selben Augenblick hatte ihm Orion bereits die Holzkeule von hinten in die Kniekehlen gerammt, so dass der grossgewachsene Kerl mit schmerzverzerrtem Gesicht zu Boden sackte. Dann fuchtelte Orion mit seiner improvisierten Waffe dermassen wild um sich, dass die anderen verängstigt die Köpfe einzogen und ein paar Schritte zurück wichen.

«Wenn ihr diese Frau noch ein einziges Mal anfasst, dann rollen hier die Köpfe. Habt ihr das verstanden?», drohte Orion laut und deutlich.

Blitzartig befreite er Roxanna von ihren Fesseln, während er die verdutzte Menge gleichzeitig im Auge behielt. Inzwischen hatte sich Satrox wieder aufgerappelt.

«Na warte, dafür wirst du mir büssen, dummer Erdling», schimpfte er mit fletschenden Zähnen. Dabei glühte sein selbstsüchtiges und von niederen Begierden beherrschtes Wesen innerlich vor Hass, so dass seine Aura buchstäblich eine pechschwarze Färbung annahm. Doch Orion blieb völlig unbeirrt und stand einfach nur da, wie ein Fels in der Brandung.

«Egal, wie die Situation momentan auch immer aussehen mag», sagte er cool, «schlussendlich siegt das Gute immer. Das sollte sich eure seelenlose Plastikarmee ein für alle Mal hinter die Ohren schreiben. Und auch wenn ihr zurzeit noch als Kanal für das Böse wirkt, so wird euch dennoch eines fernen Tages das Licht der Wahrheit durchdringen. Aber vermutlich wird das nicht mehr in diesem Leben passieren, denn dafür seid ihr Schwachköpfe einfach viel zu bescheuert.»

Darauf herrschte einen kurzen Moment lang eisige Stille im Raum. Roxanna nutzte die Gelegenheit, um ihren edlen Befreier voller Bewunderung anzuhimmeln.

«Mein lieber Orion, du bist ein wahrer Held», seufzte sie verzückt. «Ich wünschte, ich könnte mit dir auf den Planeten Erde kommen. Dort gibt es sicher noch viel mehr solch selbstlose Menschen wie dich. Das muss ja ein wahres Paradies sein.»

«Naja, Paradies ist wohl ein kleines bisschen übertrieben», zuckte Orion fast schon amüsiert über so viel Naivität mit den Schultern. «Die meisten Menschen bei uns denken leider in erster Linie nur an sich selber. Viele sind vor lauter Gier und Egoismus genauso verdorben wie diese cetianischen Milchbubis hier. Aber soviel ich weiss, wird sich das schon sehr bald ändern.»

Obwohl die beiden von gut einem Dutzend Cetianer umzingelt waren, plauderten sie in aller Seelenruhe miteinander.

Inzwischen hatte Satrox, der verbissene Anführer, seinen Untergebenen klare Anweisungen zum bevorstehenden Angriff gegeben. Sofern man in dieser bizarren Situation überhaupt von Angriff sprechen konnte. Jedenfalls war der gesamte Raum nun erfüllt von diesen eigenartigen Knack- und Klickgeräuschen, der offiziellen Muttersprache dieser Barbaren. Auf einmal rückten sie immer näher vor, bis der Kreis so eng war, dass Orion ihren feuchten Atem im Nacken spüren konnte. Dennoch blieb er völlig ruhig und gelassen. Irgendetwas in ihm wusste einfach, dass ihm hier nichts wirklich Schlimmes geschehen konnte. Denn schlussendlich unterlagen auch diese Tyrannen den allgemeingültigen, kosmischen Gesetzen. Und diese besagten unter anderem, dass jedes Wesen mit einer weit entwickelten Seele und hohen Idealen absolut unangreifbar bleibt für dunkle Mächte. Und aus irgendeinem Grund war sich Orion dieses Schutzes bewusst, der sich wie eine unsichtbare Lichtrüstung um ihn gelegt hatte.

Mit würdevoller Haltung nahm er Roxanna in die Arme, fast so, als wäre er ein heroischer Schauspieler in irgendeinem kitschigen Hollywoodfilm. Orion spürte, dass er mit rein körperlicher Kraft jetzt nichts mehr ausrichten konnte. Nun halfen ihm nur noch geistige Kräfte, von denen er dummerweise aber nicht wusste, wie er sie benutzen sollte. Im selben Augenblick spannten die Cetianer ein grosses Netz über ihre beiden Opfer und schnürten es so eng zu, dass sie sich keinen Zentimeter mehr bewegen konnten. Roxanna klammerte sich völlig verängstigt an Orion, der seine Arme immer noch schützend um sie hielt.

«Jetzt weiss ich wenigstens mal, wie sich ein Fisch fühlt, wenn er gefangen wird», meinte er mit Galgenhumor.

«Ganz genau», lachte Satrox höhnisch, «gefangen, getötet und gefressen. So wie ihr primitiven Menschen es mit all den wehrlosen Tieren macht. Nicht wahr, mein Freund?»

«Ich esse keine Tiere», sagte Orion barsch.

«Und ich keine Menschen», erwiderte Satrox verächtlich. «Und schon gar nicht solche ungeniessbaren wie dich. Los, Männer, schafft unsere Gäste hinaus in unser lustiges, kleines Gefährt. Dort werden sie unsere elektronischen Spielzeuge kennenlernen. Ein paar klitzekleine Elektroschocks hin und wieder sollen ja gut sein für den Kreislauf, sagt man, hahaha.»

Auf diesen Befehl hin zogen die spindeldürren, bleichen und auch sonst irgendwie kränklich aussehenden Cetianer die beiden Gefangenen mitsamt dem Netz quer durch den Saal und anschliessend hinaus auf die Strasse. Dort hatte sich bereits eine ganze Gruppe von Schaulustigen versammelt. Obschon die meisten Einheimischen die fremden Besatzer vom Sternensystem Tau Ceti insgeheim eigentlich fürchteten, hatten sie zwangsweise gelernt, sich irgendwie mit ihnen zu arrangieren.

«Was glotzt ihr so saudumm, blödes Volk?», herrschte Satrox die neugierigen Gaffer an. «Wenn ihr unsere Herrschaft in Sapas Mons weiterhin nicht anerkennt, dann wird es euch gleich ergehen wie denen da. Habt ihr das endlich kapiert?»

Darauf ging ein leises Gemurmel durch die Reihen und dann verstreute sich das von Natur aus gutmütige Fussvolk geschwind in alle Windrichtungen. Bloss eine einzige Person blieb mit verschränkten Armen stehen und dachte nicht im Traum daran, sich feige zu verkriechen. Dabei handelte es sich um eine zierliche Frau, deren schlanke Silhouette beinahe unscheinbar im Licht der angenehm warmen Morgensonne strahlte. Ja, irgendetwas an dieser Person strahlte tatsächlich in einem überirdischen Glanz, der für das physische Auge jedoch nicht sichtbar war.

«He, du da drüben», rief Satrox genervt, «bist du

taub oder blind? Oder beides zusammen? Du sollst von hier verschwinden, kapiert?»

Inzwischen waren die Cetianer gerade dabei, das Netz mit den beiden Geiseln in ein geräumiges, pechschwarzes Amphibienfahrzeug zu hieven.

«Und unsere beiden hübschen Fische hier lassen wir zuerst noch ein wenig im Netz zappeln, bevor wir in unserem gemütlichen Labor da drin ein paar spassige Experimente zusammen durchführen.»

Die mysteriöse Frau, die sich bisher eher passiv verhalten hatte, marschierte nun mit entschlossenen Schritten auf die Gruppe zu. Ungefähr fünf Meter vor dem bedrohlichen Höllenfahrzeug blieb sie plötzlich abrupt stehen und sprach mit geradezu majestätischer Würde: «Lasst die beiden frei, und zwar sofort!»

Ohne gross Notiz von ihr zu nehmen, befahl Satrox mit einer abschätzigen Handbewegung: «Nehmt diese Spinnerin fest und verfrachtet sie ebenfalls ins Versuchslabor. Wer nicht hören will, muss fühlen.»

Sogleich machte sich eine Gruppe von Cetianern daran, die Frau festzunehmen. Doch diese hob wortlos den Arm, und aus ihren Handflächen strömte ein mächtiger, violetter Lichtstrahl. Darauf blieben sämtliche Angreifer mit sofortiger Wirkung wie versteinert stehen. Durch diese lähmenden Strahlen waren sie vollkommen unfähig, sich auch nur einen einzigen Millimeter zu bewegen. Anschliessend richtete die geheimnisvolle Fremde beide Handflächen auf das Amphibienfahrzeug und liess erneut zwei gewaltige Energiestrahlen aus ihren Händen schiessen. Innerhalb von wenigen Sekunden schmolz die massive Maschine einfach so dahin, bis nur noch ein mickriges Häufchen

Schutt und Asche davon übrig blieb. Nun geriet Satrox, der noch als Einziger kampfbereit war, allmählich ins Stocken.

«Wer...wer zum Teufel bist du?», stammelte er völlig verdattert.

«ICH BIN Dana, die Vertreterin der plejadischen Gemeinschaft», erwiderte sie in würdevollem Ernst, während ihre smaragdgrünen Augen so hell strahlten, dass der geschlagene Anführer seinen Blick unweigerlich abwenden musste. «Man hat mich hierher gesandt, um die friedliebende, einheimische Bevölkerung von Sapas Mons von ihrer jahrzehntelangen Unterjochung zu befreien. Die Zeit der Herrschaft der Dunkelmächte ist bald vorbei. Nicht nur hier, sondern auch auf der Erde sowie im ganzen restlichen Universum. Ein neues Zeitalter beginnt nun, und ihr habt jetzt noch die Möglichkeit, euch zu entscheiden. Licht oder Schatten. Leben oder Tod. Himmel oder Hölle. Gut oder Böse. Verstehst du das?»

Satrox schaute hilfesuchend um sich, obschon er verzweifelt versuchte, sich seine plötzliche Unsicherheit nicht anmerken zu lassen. Vor ihm befand sich ein Häufchen Staub, das ihm bis vor Kurzem noch als absolut unzerstörbar geltendes Gefährt auf seinen Eroberungsfeldzügen gedient hatte. Und rings um ihn standen immer noch bewegungslos die gefürchteten Soldaten der Besatzermacht, jetzt aber still und handzahm wie Wachsfiguren. Und das alles hatte diese zierliche, unscheinbare Frau von den Plejaden innerhalb weniger Sekunden angerichtet. Irgendeine Vollmacht musste sie demzufolge also haben, daran gab es sogar für einen derart abgebrühten Oberbefehlshaber wie ihn nichts zu rütteln.

«Na, wie sieht's denn nun aus mit der versprochenen Folterkammer?», durchbrach Orion die angespannte Stille mit seinem wie üblich zynischen Humor. «Ich wäre jetzt bereit für ein paar Experimente. Aber ich sehe dein billiges Spielzeugauto ja gar nicht mehr. Wo ist es denn bloss hingekommen?»

«Oh je. Das fiese Mädchen aus der Nachbarschaft hat dem armen Jungen einfach so sein geliebtes Spielzeug kaputt gemacht», klinkte sich Roxanna in das improvisierte Spielchen ein.

«Ach so was Gemeines aber auch», doppelte Orion genüsslich nach. «Aber wer weiss, vielleicht spielt der kleine Tyrann insgeheim ja lieber mit Puppen? Da stehen nämlich ganz viele versteinerte Soldaten herum.»

«Oh ja», kicherte Roxanna schadenfroh, «der einsame Puppenkönig und seine Zinnsoldaten. Aber nicht mal die möchten mit ihm spielen. Die sind vor Schreck ja ganz starr.»

«Jetzt reicht's mir aber», platzte es auf einmal aus Satrox heraus, «hört gefälligst sofort auf, mich dauernd zu veräppeln. Sonst ...»

«... sonst fängt die beleidigte Leberwurst womöglich noch an zu heulen, stimmt's?», beendete Roxanna den Satz mit absichtlich weinerlichem Unterton in der Stimme.

«In Ordnung, Kinder, das reicht», unterbrach Dana schliesslich die illustre Runde. «Ich glaube, unser Freund und seine Schergen haben ihre Lektion gelernt. Wenn du, Satrox, hier und jetzt versprichst, mit deinen Truppen sofort von diesem Planeten abzuziehen, dann werde ich euch ungestraft gehen lassen.

Ansonsten musst du damit rechnen, dass du mitsamt deinem Volk versteinert und anschliessend pulverisiert wirst. Die Vollmacht dazu habe ich ja, wie du bereits gesehen hast. Die Entscheidung liegt bei dir. Du hast die Wahl.»

Satrox starrte so verlegen auf seine Füsse wie ein gescholtenes Schulkind, das die Hausaufgaben nicht gemacht hat. Schliesslich gab er sich innerlich einen Ruck, atmete einmal tief durch und sprach überraschend gefasst: «Na schön, du hast gewonnen. Hiermit kapituliere ich und verlasse mit meinen Soldaten unverzüglich diesen Planeten. Ab sofort gehört Sapas Mons wieder der einheimischen Bevölkerung.»

Mittlerweile hatten sich bereits wieder Hunderte von Neugierigen um den Schauplatz versammelt. Dana hatte sie mit ihren gewaltigen Geisteskräften telepathisch angelockt, damit sie diesen historischen Augenblick live miterleben konnten. Mit jeder Minute die verging, strömten immer mehr Bürger herbei, bis praktisch die gesamte Bevölkerung der Stadt Sapas Mons anwesend war. Gespannt bis in die Haarspitzen verfolgten sie, was nun wohl passieren würde. Doch Dana, die gewiefte Plejaderin, hatte natürlich noch mehr Tricks auf Lager. Langsamen Schrittes marschierte sie auf Satrox zu und befestigte mit einer geschickten Handbewegung einen winzigen kleinen Knopf am Kragen seiner Rüstung.

«Das ist ein Mikrofon», erklärte sie ihm, «damit dich auch alle hier Anwesenden klar und deutlich hören können.»

«Aber was willst du denn noch?», murmelte Satrox erschöpft. «Ich habe doch bereits schon kapituliert.»

«Bevor ich deine Soldaten wieder zum Leben erwecke, möchte ich von dir eine öffentliche Entschuldigung hören. Das ist das Mindeste, was du für die geknechteten Bewohner hier tun kannst. Danach bist du ein freier Mann, das verspreche ich dir.»

Satrox schluckte einmal leer vor Schreck. Wie konnte man so etwas Absurdes wie eine Entschuldigung von ihm, dem gefürchteten Anführer, verlangen? Er hatte sich noch niemals bei irgendjemandem für irgendetwas entschuldigt. Deshalb wusste er nicht einmal richtig, wie das überhaupt gehen sollte. Doch dann nahm er seinen ganzen Mut zusammen, räusperte sich kurz und sprach schliesslich ohne zu zögern in das Mikrofon:

«Hiermit gebe ich, Satrox, Oberbefehlshaber der Cetianischen Armee, folgende Erklärung ab. Aus, ähem, organisatorischen Gründen werden wir diesen Planeten noch heute verlassen. Die Stadt Sapas Mons steht mit sofortiger Wirkung wieder zur freien Verfügung für ihre Bewohner. Im Namen unseres kriegs..., ich meine, friedliebenden Volkes entschuldige ich mich hiermit für jegliches Unrecht, das wir euch angetan haben. Frieden und Freiheit für alle.»

Dann hielt Satrox plötzlich inne. Er war selber überrascht, wie leicht ihm diese Worte soeben über die Lippen gekommen waren. Irgendetwas Unerklärliches hatte sich in diesem Moment verändert. Ganz tief in seiner Seele spürte er plötzlich, wie sich ein innerer Friede, ein warmes Glücksgefühl, in ihm ausbreitete und jede Körperzelle durchflutete.

Die versammelten Leute konnten nicht glauben, was sie da soeben vernommen hatten. Zunächst herrschte eine geradezu magische Stille, doch dann ging plötzlich das unglaublichste Jubelgeschrei los, das man jemals auf diesem Planeten gehört hatte. Jung und Alt schrie, lachte und weinte vor Freude, was das Zeug hielt. «Frieden und Freiheit für alle», sangen sie in ihrem rauschartigen Freudentaumel immer wieder. Und genau das sollte später auch der Leitgedanke, sozusagen das Fundament für die zukünftigen Generationen von Sapas Mons darstellen. Ironischerweise wurde diese Parole ausgerechnet vom Kommandant der ehemaligen Besatzungsmacht höchstpersönlich geliefert. Als Satrox sah, wie sich die Menge, bestehend aus Tausenden von Leuten, freute, lief ihm ein kalter Schauer den Rücken hinunter. Und siehe da, auf einmal rollte ihm, dem eben noch kalt berechnenden und emotionslosen Tyrannen, eine Träne die Wange hinunter. Rasch wischte er diese für ihn komische Flüssigkeit mit dem Ärmel ab, damit es niemand sehen konnte. Ausser Dana hatte tatsächlich auch niemand etwas davon bemerkt.

Wie versprochen erweckte sie die Soldaten wieder zum Leben und gewährte den Cetianern freien Abzug.

«Also dann, macht's gut», lächelte sie Satrox zu, «und sorry, dass ich deinen geliebten Panzer da ein bisschen zerkleinert habe.»

«Ach, das macht doch nichts», schniefte er gerührt. «Wer braucht denn schon solche idiotischen Fahrzeuge. Mir ist jetzt gerade eben bewusst geworden, dass ich mein ganzes Leben lang verblendet war und in einer Art materialistischen Scheinwelt vor mich hinvegetiert habe. Aber nun habe ich am eigenen Leib erfahren, dass es auch noch andere Werte gibt, die eigentlich viel wichtiger sind als Macht und Kontrolle. In diesem Sinne: Frieden und Freiheit nicht nur für Sapas Mons, sondern für alle Völker im gesamten Universum.»

Unbewusst hatte Satrox soeben seine zukünftige Lebenslinie verändert, indem er mit bewusster Hilfe von Dana seine dunklen Energiefelder um ihn herum gegen lichtvolle ausgetauscht hatte. Noch am selben Tag zogen die Truppen der Cetianer, wie versprochen, ab und wurden nie wieder gesehen. Was mit ihrem Volk passierte, ist eine andere Geschichte.

# Lady Avalon

Während die gesamte Bevölkerung der Stadt Sapas Mons in ausgelassener Feststimmung war, spürte Orion plötzlich mitten im Getümmel, wie ihn jemand sanft an der Schulter berührte.

«Komm mit mir, wir sollten jetzt besser gehen», hauchte ihm Dana, die unergründliche Dame von den Plejaden, leise ins Ohr. Darauf bahnten sich die beiden so unauffällig wie möglich einen Weg durch die Menge und verschwanden schliesslich unbemerkt in einer dunklen Seitengasse.

«Was hast du mit mir vor?», fragte Orion mit einer Mischung aus Neugier und Vorfreude.

«Keine Angst, ich werde dich schon nicht entführen, mein Lieber», lächelte Dana amüsiert. «Es wurde mir aufgetragen, dich an einen ganz speziellen Ort zu bringen, der für die Vollendung deiner seelischen Entwicklung von Bedeutung ist.»

«Oh, ich habe in letzter Zeit ziemlich viele spezielle Orte gesehen», erwiderte Orion aufgeheitert. «So schnell haut mich nichts mehr aus den Socken.»

«Abwarten, mein Freund», kam die knappe, aber dafür umso geheimnisvollere Antwort.

Die Sterne am Nachthimmel funkelten majestätisch wie Diamanten, während die beiden Gestalten wortlos durch die Strassen von Sapas Mons huschten. Nach einer Weile konnte Orion im klaren Sternenlicht einen Park ausmachen, der sich vor ihnen erstreckte. Doch bevor er irgendwelche Fragen stellen konnte, nahm ihn Dana liebevoll bei der Hand.

«Psst, wir müssen jetzt leise sein», flüsterte sie vorsichtig. «Es ist besser, wenn uns niemand sieht.»

Dann führte sie Orion möglichst geräuschlos durch den nächtlichen Stadtpark, bis sie schliesslich zu einem Wirrwarr aus dichtem Gebüsch gelangten, das sich irgendwo in der abgelegensten Ecke befand. Behutsam schob Dana das Dickicht zur Seite, bis kurz darauf eine silbern glänzende, ovale Flugscheibe zum Vorschein kam.

«Darf ich vorstellen? Mein niedliches kleines Transportmittel», erklärte Dana freudig. «Ich habe es absichtlich ein bisschen versteckt. Nicht, dass ich noch eine Busse wegen unerlaubtem Parken auf öffentlichem Grund kassiere.»

«Wie bitte?»

«Ach, das war natürlich bloss ein Scherz. Komm, steig ein, Orion.»

Wenig später sassen die beiden bereits in Danas privatem Ufo und drehten noch eine kurze Abschiedsrunde über dem mit bunten Lichtern dekorierten Festplatz von Sapas Mons.

«Im Namen der Besatzung bitte ich nun alle Passagiere, sich anzuschnallen», durchbrach Dana die andächtige Stille in gespielt formellem Tonfall. «Denn gleich werden wir die Schallmauer von Raum und Zeit durchbrechen und uns in eine andere Dimension begeben.»

Orion tat, wie ihm geheissen.

«Wie viele verschiedene Dimensionen gibt es denn überhaupt?», wollte er wissen.

«Och, nur schon allein in diesem Universum

existieren mehr Dimensionen und sonstige parallele Existenzebenen, als ein Mensch je zählen kann», antwortete sie nüchtern. «Es lohnt sich also nicht, sich darüber den Kopf zu zerbrechen. Achtung, nun geht es gleich los.»

Ohne weitere Informationen drückte Dana einen unscheinbaren, orange blinkenden Knopf im Cockpit, worauf ein derart heftiger Ruck die Flugscheibe erfasste, dass Orion kurz das Bewusstsein verlor. Als er wieder zu sich kam, fühlte er sich, als ob er gerade eine ganze Woche am Stück durchgeschlafen hätte. In Wirklichkeit war jedoch gerade mal eine einzige Sekunde – in Erdenzeit gemessen – verstrichen.

«Wow ... das war vielleicht eine heftige Reise», murmelte Orion benommen. «Oder besser gesagt: ein Sekundenschlaf der etwas anderen Art. Aber sag mal, wo sind wir den hier gelandet?»

«Willkommen im legendären, sagenumwobenen und vor allem mystischen Avalon», jauchzte Dana heiter beschwingt. «In deiner eigenen Zeitdimension ist dieser Ort wohl eher als Glastonbury bekannt.»

«Oh, davon habe ich natürlich schon einiges gehört», entgegnete Orion, der allmählich wieder bei Sinnen war. «Das soll früher ein heiliger Platz gewesen sein. Anscheinend ist das für den Planeten Erde ein wichtiger Knotenpunkt, an dem sich unterirdisch mehrere Energielinien kreuzen.»

«So ist es, mein Lieber», bestätigte Dana. «Selbst für höher entwickelte, ausserirdische Zivilisationen, wie zum Beispiel die Plejader oder die Venusier, ist Avalon schon seit Urzeiten ein geheimer Treffpunkt. Natürlich gibt es auf der Erde noch viele weitere solche Kraftorte, die miteinander durch unterirdische Energiekanäle verbunden sind. Und eines der energetisch wichtigsten und stärksten Kraftfelder werden wir uns jetzt einmal etwas genauer ansehen. Komm, steigen wir aus. Abenteuer soll man schliesslich nicht warten lassen, wie es bei uns auf den Plejaden heisst.»

Gespannt folgte Orion seiner neuen Reisegefährtin Dana, die sich geschmeidig wie eine Katze durch das schummrige Dämmerlicht bewegte. Der Vollmond schien in sanftem Glanz durch die vereinzelten Wolkenfelder und beleuchtete den nächtlichen Wanderern aus fernen Welten den Weg. Während die beiden gemächlich durch einen lauschigen Hain aus Apfelbäumen spazierten, der sich am Fusse eines sanften Hügels befand, erspähte Orion plötzlich etwas Faszinierendes. Nicht allzu weit von ihnen entfernt, ganz oben auf dem Hügel, stand einsam und würdevoll ein kleiner Turm aus Stein. Exakt in dem Augenblick, als Orion den Turm erblickte, schien das fahle Licht des aufgehenden Mondes genau mitten durch die beiden Torbogen hindurch und tauchte die gesamte Szenerie in ein überirdisch schönes, ja geradezu magisches Schauspiel aus Schatten und Licht.

Wie verzaubert blieb Orion abrupt stehen und betrachtete, von einem elektrisierenden Glücksgefühl durchflutet, das spektakuläre Naturschauspiel.

«Meine Güte, Dana, schau dir das an», murmelte er ergriffen. «So ähnlich muss es sich wohl anfühlen, wenn man plötzlich unverhofft einer ganzen Legion von hohen Engeln gegenübersteht.»

«Du hast recht Orion, es ist wirklich ein grosses Glück, dass wir uns gerade in dieser Sekunde an dieser

Stelle befinden», lächelte Dana sanftmütig. «Es sieht fast so aus, als möchte sich Lady Avalon ihren unerwarteten Gästen von ihrer besten Seite präsentieren.»

«Lady Avalon?»

«Ja, so wird dieser heilige Ort hier liebevoll von den Bewohnern genannt, die allesamt im harmonischen Einklang mit der Natur leben und spirituell weit fortgeschritten sind», erklärte Dana geduldig. «Aber nun möchte ich dir das Tor zu einer anderen Welt zeigen. Dort wirst du weitere Anweisungen erhalten, wie du das grosse Werk so rasch wie möglich vollenden kannst.»

«Das grosse ...», stammelte Orion wie vom Blitz getroffen. Doch seine Begleiterin schritt unbeirrt weiter durch die romantische, vom blossen Mondlicht erhellte Landschaft.

Nach einem kurzen Fussmarsch gelangten sie schliesslich zu einem hübschen kleinen Garten, auf der anderen Seite des Hügels. Bevor sie das Gelände betraten, verneigte sich Dana kurz und bedankte sich bei den Naturwesen, die diesen zauberhaften Garten behüteten. Ganz hinten in diesem Paradies aus allerlei Bäumen, Blumen und sonstigen Pflanzen befand sich ein felsiges, rundes Loch im Erdboden. Auf den ersten Blick sah es aus wie der Schacht eines Ziehbrunnens. Wiederum verneigte sich Dana voller Demut, diesmal jedoch für die lichtvollen Wesen, welche insgeheim die Geschicke dieses Planeten lenkten.

«Das ist der zeitlose und heilige Brunnen von Chalice Well», sprach sie in feierlichem Tonfall, «das geheime Tor zu anderen Welten. Wenn ein Pilger innerlich dazu bereit ist und reine Absichten hat, dann kann es sein, dass sich der Schleier zwischen den Dimensionen verflüchtigt. Denn hier vereinigen sich Himmel und Erde. Oder anders ausgedrückt: Geist und Materie. Deshalb frage ich dich, Orion, edler Wanderer zwischen den Welten: Bist du bereit für eine weitere, aussergewöhnliche Reise?»

Orion atmete einmal tief durch. Obwohl es für ihn mittlerweile schon längst zur Tagesordnung gehörte, die sichere Komfortzone zu verlassen und Neuland zu entdecken, war er innerlich aufgewühlt. Dana bemerkte natürlich sein inneres Ringen.

«Es gibt keine Eile, mein irdischer Freund», sprach sie besänftigend. «Komm, setzen wir uns doch einen Augenblick unter diese mächtige Eibe da drüben. Das ist übrigens ein heiliger Zeremonieplatz für Druiden, Priesterinnen und andere Eingeweihte.»

Orion nickte stumm und setzte sich in meditativer Stimmung unter den knorrigen alten Baum. Innerlich fühlte er deutlich, wie nur schon das blosse Verweilen an diesem Ort einen tiefgreifenden Transformationsprozess in Gang setzte. Unterdessen hatte die gute Dana den goldenen Kelch, der für Pilger neben der Quelle bereitstand, mit frischem Quellwasser gefüllt und überreichte Orion das Gefäss.

«Hier, trink das», sagte sie fürsorglich, «das wird deine Sinne klären. Denn momentan bist du immer noch teilweise eingesperrt im Raum der Zeit. Aber wie du bereits weisst, wird sich das schon sehr bald ändern. Du bist auf deiner Lebensreise an einem Wendepunkt angelangt, von dem es kein Zurück mehr gibt. Dein Pioniergeist, immer wieder in neue Gefilde des Bewusstseins aufzubrechen, treibt dich unwiderruflich voran. Hinter jedem Menschenwesen liegt eine lange Reihe von Leben. Doch irgendwann vergeht jede Persönlichkeit und die Illusion ist zu Ende. Dieses geistige Erwachen nennt man auch die Vollendung des grossen Werkes.»

«Ich verstehe, was du meinst», erwiderte Orion nachdenklich. «Die Seele kommt unzählige Male auf die Erde zurück und umhüllt sich stets mit einem anderen physischen Körper. Und jedes Mal identifiziert sich der Mensch so stark mit seiner körperlichen Hülle, dass er seinen wahren Ursprung aufs Neue vergisst. Er mutiert sozusagen zum kosmischen Analphabeten, der im wahrsten Sinne des Wortes gefangen ist in seiner eigenen, kleinen Welt. Über Jahrtausende hinweg tauchen wir unwissende Menschenkinder immer wieder ein in die dunklen Schatten der materialistischen Dimension und irren verzweifelt in der stofflichen Welt der Formen umher. Irgendwann, nach vielen gesammelten Erfahrungen auf der Erde, erlangt das Bewusstsein schliesslich kosmische Dimensionen, frei von allen irdischen Begrenzungen.»

«Das hast du sehr schön gesagt», lobte ihn Dana. «Und wie du völlig richtig erkannt hast, haben selbst diese nagenden Gefühle der Begrenzung und der schieren Verzweiflung ihre Berechtigung. Denn schlussendlich sind es genau solche Gefühle, die einen Menschen dazu anspornen, auf dem Pfad der seelischen Bewusstseinsentwicklung mutig vorwärts zu schreiten. Bis das grosse Werk auf dieser Erde erfüllt ist und die kosmische Reise in höheren Dimensionen weitergeht.»

«Sozusagen ein nie endendes, ewiges Abenteuer»,

schmunzelte Orion verschmitzt.

Während er in sich versunken unter der lieblichen Eibe sass und einen grossen Schluck Quellwasser aus dem Kelch trank, lösten sich all seine irdischen Ängste und Zweifel auf einmal wie durch Zauberhand in Luft auf. Langsam aber sicher schien er dem Rätsel des Lebens auf die Spur zu kommen. Dankbar für alle diese Erfahrungen, die er hier machen durfte, schloss Orion kurz die Augen. Unter seinem Körper, tief im Erdreich verborgen, fühlte er die subtilen Strömungen der Erdenergien, die in einem ewig pulsierenden Rhythmus durch diesen wundervollen Planeten flossen. Gleichzeitig verstärkte sich das unbeschreiblich harmonische Wohlgefühl, so dass Orion vor lauter Entspannung in eine Art Hypnose verfiel.

Nach einer Weile legte ihm Dana behutsam ihre Hände auf den Kopf, aus denen heilende Energie strömte. Gleichzeitig hauchte sie Orion mit sanfter Stimme einige Worte ins Ohr, die ihn noch tiefer in seinen friedvollen Meditationszustand abgleiten liessen.

«Atme tief und spüre nun die Seele von Mutter Erde, in dieser Welt Gaia genannt. Fühle, wie ihre vibrierende Lebenskraft auch dich durchdringt. Gaia ist ein ebenso lebendiges Wesen wie alle Geschöpfe, die auf ihr leben dürfen. Wir alle sind ein Teil von diesem gewaltigen Organismus. In Wahrheit ist alles miteinander verbunden, nichts existiert getrennt voneinander. Höre nun, was dir die Erdenmutter mitteilen möchte.»

Danach tappte Dana geräuschlos ein paar Schritte zurück und setzte sich unter den Baum nebenan.

Denn sie wusste natürlich, dass ihr Schützling für die bevorstehende Bewusstseinsreise allein und ungestört sein musste.

Orion befand sich mittlerweile in einem tiefen Zustand geistiger Losgelöstheit, völlig frei von den zeitlichen und räumlichen Begrenzungen des normalen Alltags. Vor seinem inneren Auge nahm er ein helles, pulsierendes Licht wahr. Zuerst breitete es sich langsam in seinem Kopf aus, anschliessend erfasste dieser angenehm warme Energiestrom seinen Körper und schliesslich die gesamte Aura. Auf einmal nahm er auf telepathischer Ebene dynamische, lichtvolle Schwingungen wahr, die sich allmählich in eine für ihn verständliche Sprache verdichteten.

*«Geliebtes Menschenwesen, in diesem Leben genannt Orion. Ich bin Gaia, die Mutter Erde, und spreche auf der Seelenebene zu dir»*, vernahm er die klare, offensichtlich an ihn persönlich gerichtete Botschaft. *«Im Prinzip können alle Menschen mit dem Bewusstsein eures Heimatplaneten, also mit mir, kommunizieren. Nur wissen die meisten nichts davon. Vor allem nicht in dieser hektischen, digitalisierten Zeitepoche, in der du gegenwärtig lebst. Im 21. Jahrhundert eurer Zeitrechnung ist die menschliche Gesellschaft in technischer Hinsicht zwar relativ weit fortgeschritten, aber auf Kosten der geistigen Entwicklung. Sehr viele Menschen fühlen sich auf diesem Planeten sowie in ihren eigenen Körperhüllen eingekerkert. Ihr geistiger Horizont reicht gerade mal dazu aus, um ihr aktuelles Leben mit all den dazugehörigen Schwierigkeiten zu überblicken. Sie sind buchstäblich gefangen in einem beschränkten Weltbild, das euch seit Jahr-*

*tausenden unermüdlich eingetrichtert wurde.»*

Nach einer kurzen Pause, in der Orion alle Informationen verarbeiten konnte, fuhr die mysteriöse Stimme mit ihrer Botschaft fort.

*«Aber es besteht Hoffnung. Denn schon bald wird eine neue, bewusste Menschheit die Erde bevölkern. Das muss so sein, weil mein Körper, die Erdoberfläche, von euch Menschen während langer Zeit verschmutzt, ausgebeutet und beinahe völlig zerstört wurde. Deshalb brauchen wir jetzt alle Heilung. Die Menschen, Tiere und vor allem die geschändete Natur selbst. Du, Orion, bist ein Pionier, ein Vorreiter des anbrechenden Zeitalters. Deine Lebensaufgabe hast du selber gewählt, bevor du auf diese Welt gekommen bist. Ich möchte dich nochmals daran erinnern. In allem, was du tust, wirkst du als Vermittler zwischen der inneren Welt des Geistes und der äusseren Welt der materiellen Formen. Du bist im übertragenen Sinn sozusagen ein Brückenbauer.*

*Auch wenn das momentan noch nicht so richtig verstanden wird von deinen Zeitgenossen, so werden dir schon bald andere Menschen folgen. Und schon in ein paar Generationen werden sich die Völker nicht mehr gegenseitig bekriegen. Es wird auch niemand mehr die Natur ausbeuten, an Hunger sterben oder Tiere abschlachten, geschweige denn essen. Die zukünftige Menschheit wird einst mit Scham und Unverständnis auf diese Zeit zurückblicken, in der all diese Gräueltaten, meistens im Namen irgendeines Gottes, auf der Tagesordnung standen. Deine Arbeit hier, ein globales Umdenken einzuleiten, ist also von immenser Wichtigkeit. Bleib standhaft und vertraue.*

*Schlussendlich wird alles gut, das verspreche ich, so wahr ich Gaia bin.*

*Das ist die Botschaft, die Avalon für dich bereitgehalten hat. Nun ziehe in Frieden hinaus in die Welt und sei deinen Mitmenschen ein Vorbild. Auch denen, von denen du denkst, dass sie es nicht verdient hätten. Denn jeder Mensch handelt nur seinem Bewusstsein entsprechend. Irgendwann jedoch gelangt jeder an den Punkt, an dem er sich freiwillig in den Dienst des grossen Werkes, des unfehlbar meisterlichen Planes stellen möchte.»*

Dann liess die vibrierende Energie plötzlich nach und das warme Licht in Orions Kopf verblasste. Die Verbindungslinie zur Seele von Gaia, dem intelligenten Lebewesen Erde, war abgebrochen. Ganz sachte wurde das frei herumschwebende Bewusstsein wieder in seinen Körper zurückgezogen, und kurz darauf öffnete er frisch gestärkt die Augen.

Orion sass immer noch unter der lauschigen Eibe, der goldene Kelch neben ihm. Durstig trank er das reine Quellwasser aus den Tiefen von Avalon, dann seufzte er zufrieden.

«Dana», rief er frohgemut in die Dunkelheit, «stell dir vor, was ich soeben erlebt habe. Gaia hat mir eine Botschaft ...»

«... ich weiss, mein liebes Sternenkind», unterbrach ihn Dana schmunzelnd, «denn genau aus diesem Grund habe ich dich ja hierhergebracht. Lady Avalon höchstpersönlich hat diese Einladung an dich ins Universum hinausgeschickt. Ich war bloss die Überbringerin, sozusagen der kosmische Postbote, wenn man so will.»

«Ach, ich wünschte, ich könnte für immer hier an diesem friedlichen Ort bleiben», murmelte Orion verträumt vor sich hin. «Aber so wie es aussieht, gibt es noch eine Menge zu tun da draussen. Ein inneres Gefühl sagt mir, dass ich langsam zurück in meine eigene Zeitdimension sollte.»

«Auch in diesem Punkt hast du recht – leider», antwortete Dana mit einem traurigen Unterton in der Stimme. «Denn ich wäre mit dir wirklich noch sehr gerne ein wenig in unserem zauberhaft schönen Universum herumgereist. Es gibt noch so viel Spannendes zu entdecken, von dem die Menschen auf der Erde nicht die geringste Ahnung haben. Avalon ist lediglich die Spitze des Eisbergs. Das nächste Mal werde ich dir meine Heimat, die Plejaden, zeigen.»

«Abgemacht, meine kosmische Reiseleiterin», frohlockte Orion überglücklich, «schliesslich kann nicht gerade jeder Mensch von sich behaupten, dass er Freunde von einem anderen Stern hat, nicht wahr?»

Plötzlich schaute Dana nervös zum Himmel.

«Oh, der Mond befindet sich bereits im Zenit, es ist gleich so weit», erklärte sie hastig. «Exakt zu diesem Zeitpunkt ist der Schleier zwischen den Dimensionen am durchlässigsten. Das heisst, sobald der Mondschein über den Brunnen von Chalice Well wandert, hast du genau elf Sekunden Zeit, um auf dem schnellsten Weg nach Hause zurückzukehren. Danach ist die ätherische Wand bereits wieder zu dicht, als dass ein normalsterbliches Wesen aus Fleisch und Blut sie durchdringen könnte. Es sei denn, man ist ein eingeweihter Meister der weissen Loge.»

«Was meinst du damit?», fragte Orion irritiert.

«Was muss ich jetzt tun?»

«In genau zwei Minuten springst du in den Brunnenschacht da drüben», sagte Dana mit ausnahmsweise ernstem Gesichtsausdruck. «Dann wirst du sicher durch das ansonsten undurchdringliche Gewirr von Dimensionen und Zwischendimensionen nach Hause geführt. Da sind Mechanismen am Werk, die ich dir jetzt leider nicht so auf die Schnelle erklären kann. Aber vertraue mir, du wirst in jeder Sekunde beschützt sein vor eventuellen Attacken aus niederen astralen Sphären. Oh, es ist gleich so weit ... schnell, zum Brunnen.»

Wieder einmal wusste Orion nicht, wie ihm geschah. Alles passierte hier Schlag auf Schlag. Kaum hatte er eine Überraschung verdaut, folgte bereits die nächste, meistens noch grössere. Aber jetzt blieb ihm ganz offensichtlich keine Zeit zum Überlegen, es musste einfach gehandelt werden. Auch wenn es ihm insgeheim natürlich total absurd vorkam, mitten in der Nacht in irgendeinen dunklen Brunnenschacht zu springen.

«Und was, wenn ich ertrinke, oder ...»

«... du MUSST mir vertrauen, Orion», sprach Dana hektisch, «im Namen von Lady Avalon. Ach du meine Güte, es bleiben dir nur noch wenige Sekunden Zeit. Denk einfach daran, dass wir beide von nun an energetisch miteinander verbunden sind. Und jetzt ... spring!»

«Mach's gut, liebe Dana», stammelte Orion mit pochendem Herzen, «und danke für alles.»

Dann stellte er sich vor den steinernen Brunnenschacht im Herzen von Chalice Well, atmete einmal tief durch, schloss die Augen und – sprang in den schwarzen Abgrund unter ihm. Und zwar genau drei Sekunden, bevor sich das magische Dimensionstor bis auf Weiteres wieder schloss. Er hatte Glück, denn der Durchschlupf wurde ihm gerade noch gewährt. Kurz darauf verflüchtigte sich der mystische Nebel von Avalon, und die Öffnung in der Erde war wieder eine ganz gewöhnliche Quelle. Abgesehen von Dana kannten nur ein paar wenige eingeweihte, keltische Druiden aus der Umgebung die wahre Bedeutung dieses tagsüber unscheinbaren Brunnens.

Und Orion? Nachdem er mit den Füssen voran in den nebligen Schacht gesprungen war, geriet er augenblicklich in den Sog eines unglaublich mächtigen Energiewirbels. Diese unterirdischen Kraftströme zerlegten seine atomare Struktur im Bruchteil einer Sekunde und transportierten die Essenz davon mit mehrfacher Lichtgeschwindigkeit zurück ins 21. Jahrhundert. Dort wurde der gute alte Orion wieder einwandfrei zu seiner physischen Gestalt zusammengefügt. Jedenfalls staunte er nicht schlecht, als er nach einer gefühlten Ewigkeit wieder zu Hause in seinem eigenen Bett aufwachte, als wäre nichts gewesen. Aber auch wenn er unterwegs jegliches Zeitgefühl verloren hatte, so konnte er sich dennoch an jedes einzelne Detail seiner verrückten Abenteuerreise erinnern.

«Danke Dana, Danke Lady Avalon», flüsterte er glücklich vor sich hin, dann fiel er in einen tiefen Schlaf voller eigenartiger Träume.

# Der Poltergeist

Als Orion am späten Morgen des nächsten Tages aufwachte, fühlte er sich buchstäblich wie neu geboren. Nach einem leichten Mittagessen beschloss er spontan, einen kleinen Spaziergang zu machen, um wieder einmal diese irdische Welt hier ein bisschen zu inspizieren. Denn fremde Dimensionen, Sphären und weiss der Kuckuck was hatte er in letzter Zeit ja mehr als genug gesehen. Doch – wie sollte es anders sein – kam er auch diesmal nicht weit, bevor bereits die nächste grosse Überraschung auf ihn wartete. Mittlerweile hatte sich Orion natürlich schon längstens daran gewöhnt, dass er seltsame Umstände mit geradezu magnetischer Anziehungskraft in sein Leben zog. Diesmal geschah es in Form einer Nachbarin, die verstört im Garten vor dem Haus sass und bitterlich weinte.

«Hallo Maria, weshalb denn so traurig?», rief er der älteren Frau aufmunternd zu. «Heute ist doch so ein schöner Tag. Die Sonne lacht vom Himmel, die Vögel zwitschern und ...»

«... und mein Mann ist gestorben», beendete Maria den Satz schluchzend.

«Oh, das ... das tut mir leid», entgegnete Orion mit gedämpfter Stimme. «Wenn ich irgendetwas für dich tun kann, dann lass es mich einfach wissen, okay?»

«Ach weisst du, ich fühle mich so schrecklich einsam», wimmerte die Nachbarin verzweifelt. «Und ausserdem spukt es im Haus, seitdem mein Mann verstorben ist.»

«Du glaubst doch nicht etwa an Spukgeister?»,
platzte es aus Orion heraus. «Na, das würde ich mir
aber gerne einmal mit eigenen Augen ansehen.»

Gesagt, getan. Wenig später sassen die beiden den
Umständen entsprechend gemütlich bei einer Tasse
Kaffee im Wohnzimmer zusammen und warteten gespannt auf den hauseigenen Spukgeist. Doch nichts
geschah.

«Woran ist denn dein Mann Steven gestorben,
wenn ich fragen darf?», versuchte Orion, etwas mehr
über die Umstände zu erfahren.

«Wie du weisst, war er ja schon seit längerer Zeit
unheilbar krank», begann Maria zunächst etwas zögerlich zu erzählen. «Weil die Ärzte nichts Besseres zu
tun wussten, stopften sie den armen Kerl immer mehr
mit Medikamenten voll, als wäre er eine Mastgans. Dadurch hatte er zusätzlich zu allen anderen Leiden auch
immer mehr mit unberechenbaren Nebenwirkungen
zu kämpfen. Schlussendlich bekam Steven deswegen
auch noch psychische Probleme, über die er mit mir
aber nicht reden wollte, vermutlich weil er sich dafür
schämte. Und was taten die hilflosen Ärzte? Sie gaben
ihm einfach noch mehr Pillen, um die unerwünschten
Nebenwirkungen zu bekämpfen. Und so nahm dieser
ganze Teufelskreis seinen unheilvollen Lauf, verstehst
du?»

«Jaja, die liebe Pharmaindustrie», meinte Orion
lakonisch, «dein Freund und Helfer in jeder Lebens-
lage.»

«Du sagst es», fuhr Maria fort.

Inzwischen war sie ein wenig aufgetaut und redete
sich nun ohne Hemmungen allen angestauten Frust

von der Seele: «Und weisst du, was dann passierte? Plötzlich hiess es, man müsse Steven unverzüglich in eine psychiatrische Klinik einweisen, damit man ihn Tag und Nacht überwachen könne. Das Letzte, was mein Mann sagte war, dass er eher sterben würde, als sich freiwillig in Frankensteins Labor zu begeben.»

«Und dann? Was passierte dann?», hakte Orion neugierig nach.

«Nun ja, vor knapp zwei Wochen habe ich Steven leblos in seinem Bett vorgefunden», erzählte Maria mit gesenktem Blick. «Neben ihm lagen diverse leere Medikamentenschachteln sowie weitere Arzneimittel. Um es kurz und schmerzlos zu sagen: Ich weiss bis heute nicht, ob er sich absichtlich das Leben genommen hat oder ob er sich quasi aus Versehen vergiftet hat mit all diesen ärztlich verschriebenen Drogen. Ich wünschte so sehr, dass ich ihm diese Frage noch hätte stellen können. Dann könnte ich diese ganze tragische Geschichte innerlich wenigstens loslassen und in Frieden abschliessen. Aber so? Ich meine ...»

In diesem Moment begannen auf einmal die Bilder an der Wand zu wackeln. Einen Augenblick später wurde das Büchergestell nebenan leicht durchgeschüttelt, so dass ein Buch herausfiel und mit einem dumpfen Geräusch auf den Parkettboden plumpste.

«Was war denn das? Ein Erdbeben?»

«Nein», antwortete Maria mit zittriger Stimme, «das ist der Spukgeist, von dem ich dir erzählt habe. Glaubst du mir jetzt, dass ich nicht verrückt bin?»

«Ja, jetzt glaube ich dir», antwortete Orion überzeugt. Obwohl er ja schon einiges erlebt hatte in letzter Zeit, bescherte ihm dieses unheimlich anmutende

Spektakel trotzdem ein unbehagliches Gefühl, kombiniert mit einer dicken Gänsehaut. Langsamen Schrittes ging er zum Büchergestell hinüber und hob das heruntergefallene Buch auf.

«Wie du lebst, wenn du gestorben bist», las er den Buchtitel laut vor. «Das kann doch wohl kein Zufall sein, oder? Hast du dieses Buch schon einmal gelesen?»

«Nein, davon wusste ich gar nichts», gestand Maria, «das habe ich noch nie gesehen. Das muss mein Mann wohl kürzlich gelesen haben. Vermutlich hat er geahnt, dass es bald mit ihm zu Ende geht.»

«Na schön, dann wollen wir doch mal sehen, was für eine Botschaft uns der gute Steven mitteilen möchte», sagte Orion und schlug das Buch an einer beliebigen Stelle auf.

*«Tot? Man kann ja gar nicht sterben»*, las er den zufällig gewählten Abschnitt laut vor. *«Es war dies der verzweifelte Aufschrei einer Seele, die Qualen erlitt, weil sie dem irdischen Leben entfliehen wollte, es aber nicht konnte. Dieser Zustand ist in der Tat die einzige Hölle, die es gibt. Und zwar die Hölle der quälenden Gedanken, der Reue und der Selbstvorwürfe. Aber auch sie dauert nicht ewig. Eine ewige Höllenverdammnis gibt es nicht.»*

Dann stellte Orion das Buch wieder zurück ins Regal und setzte sich nachdenklich neben Maria. Die beiden schwiegen eine Weile, jeder in seine eigene Gedankenwelt versunken. «Ja, mein lieber Mann hatte tatsächlich sein ganzes Leben lang eine panische Angst vor der Hölle», durchbrach Maria schliesslich die andächtige Stille. «Er war wohl traumatisiert von seiner streng religiösen Erziehung.»

«Denke einmal über diese Stelle aus dem Buch nach», bemerkte Orion. *«Es war dies der verzweifelte Aufschrei einer Seele, die Qualen erlitt, weil sie dem irdischen Leben entfliehen wollte, es aber nicht konnte.»*

«Du meinst also, Steven wollte sich einfach so aus dem Staub machen?», flüsterte Maria ungläubig vor sich hin. «Ohne sich von mir zu verabschieden?»

Als Antwort auf diese mehr oder weniger rhetorisch gemeinte Frage wackelte plötzlich der Tisch, so dass das Kaffee- und Kuchengeschirr laut schepperte.

«Diese Antwort von unserem lieben Hausgeist Steven deute ich jetzt mal als Nein», kombinierte Orion scharfsinnig wie immer. «Was heissen würde, dass er wohl keinen Suizid begangen hat, zumindest nicht absichtlich.»

Während Orion sprach, spürte er plötzlich eine starke Präsenz von etwas Unsichtbarem, das sich offenbar durch ihn mitteilen wollte. Intuitiv schloss er die Augen und konzentrierte sich auf diese Wesenheit, bei der es sich vermutlich um niemand Geringeren als den sogenannten Poltergeist handeln konnte. Nach einer kurzen Einstimmung auf diese irgendwie verzerrten Frequenzen, die wie eine schwache Kerze im Dunklen aufflackerten, sprach Orion folgende Worte, bei denen es sich jedoch nicht um seine eigenen handelte.

*«Liebste Maria, es tut mir alles so leid. Ich wollte mich mit den Medikamenten bloss betäuben, um diese körperlichen und vor allem seelischen Schmerzen nicht mehr spüren zu müssen. Aber dann gab es*

plötzlich einen sanften Ruck und meine Seele wurde einfach so aus dem geschundenen Körper hinauskatapultiert. Es dauerte eine ganze Weile, bis ich endlich realisierte, dass ich jetzt wohl gestorben bin.

Als du meinen leblosen Körper im Bett gefunden hast, wollte ich dir alles erklären. Aber du konntest mich weder sehen noch hören, obwohl ich in meiner feinstofflichen Hülle direkt neben dir stand, der Verzweiflung nahe. Deshalb habe ich eben versucht, auf andere Weise auf mich aufmerksam zu machen. Das mit dem vermeintlichen Spukgeist tut mir furchtbar leid, ich wollte dich natürlich nicht erschrecken.

Du sollst einfach wissen, dass es mir den Umständen entsprechend gut geht und dass du dir um mich keine Sorgen machen musst. Geniesse dein Leben in Frieden, alles ist gut. Eines Tages werden wir uns wiedersehen, in einer anderen Sphäre. Mein Dank geht auch an Orion, der als Vermittler zwischen den Welten lebt und das alles versteht. Ohne ihn hätte ich dir das nie mitteilen können.»

Nach diesem sintflutartigen Redeschwall löste sich das dumpf und schwerfällig vibrierende Energiefeld dieser Zwischendimension abrupt auf und der ach so böse Poltergeist erschien nie wieder. Orion stürzte durstig ein grosses Glas Wasser hinunter, denn so eine interdimensionale Kommunikation war energetisch ganz schön anstrengend. Währenddessen sass Maria mit den Händen vor dem Gesicht da und weinte hemmungslos. All ihre aufgestauten Ängste, Zweifel und vor allem die nagende Ungewissheit lösten sich nun mit einem Mal.

«Ach, Orion», schluchzte sie ergriffen, «wenn du

wüsstest, wie erleichtert ich mich fühle. Ich danke dir wirklich aus tiefstem Herzen.»

«Och, nichts zu danken, Maria», winkte er bescheiden ab. «Ich habe ja nur meine Pflicht erfüllt. Aber da gibt es noch etwas, das du wissen solltest.»

«Was denn?», schniefte Maria, die sich inzwischen wieder gefasst hatte.

«Frag mich jetzt bitte nicht wieso, aber ich verspüre gerade einen bestimmten inneren Impuls, dass ich dir jetzt folgendes erzählen sollte», versuchte Orion, sein eigenartiges Gefühl in einigermassen verständliche Worthülsen zu verpacken. «Ausserdem ist diese Botschaft auch an Steven gerichtet. Also spitz besser deine astralen Ohren, liebes Poltergeistchen.»

«Gut, ich bin bereit», sagte Maria, während sie aus der mit Blümchen verzierten Kaffeekanne aus Porzellan nochmals zwei Tassen nachschenkte. Dankend trank Orion einen grossen Schluck, dann wartete er hochkonzentriert und mit ernster Miene, bis ihm die richtigen Worte eingegeben wurden. Nach etwa einer Minute angespannter Stille war es dann schliesslich so weit.

*«Wenn ein Mensch aufgrund einer Gewalttat stirbt oder Selbstmord begeht, kann die Seele den vorgesehenen Lebensplan nicht abschliessen. In so einem Todesfall geht sie automatisch zu wesentlich niedrigeren Astralebenen zurück, als es bei einem natürlichen Tod der Fall wäre. Viele dieser umherirrenden Seelen schaffen es nicht einmal über die planetare Ätherebene hinaus. Das ist die niedrigste Stufe, die der Erdatmosphäre am nächsten ist. Diese Sphäre ist nur durch einen hauchdünnen Schleier von der irdi-*

*schen Dimension getrennt.»*

«Meine Güte, du machst mir ja richtig Angst», gab Maria offenherzig zu. «Aber es ist trotzdem furchtbar spannend. Erzähle bitte ruhig weiter, ich möchte gerne so viel wie möglich erfahren. Ich meine, wenn ich schon mal die Gelegenheit dazu habe.»

«Na schön, wo war ich stehen geblieben?*Ah ja. also: in vielen solchen Fällen, wenn ein irdisches Leben nicht richtig abgeschlossen worden ist, bleibt die normalerweise unter Schock stehende Seele an die erdnahen Sphären gebunden. Sie lebt dann, einfach um eine dimensionale Ebene verschoben, quasi neben den lebenden Menschen – aber nicht mehr unter ihnen, was ein grosser Unterschied ist. Denn wie du vorhin gerade selber erlebt hast, können Menschen, die nicht hellsichtig sind, solche verstorbenen Geister nicht wahrnehmen. Deshalb bleibt diesen armen, gefangenen Seelen in der Regel nichts anderes übrig, als verzweifelt zu versuchen, sich irgendwie bemerkbar zu machen. Unter Umständen kann es vorkommen, dass solche sogenannten Geister über Jahrhunderte hinweg irgendwo herumspuken. Bis sie eines Tages entweder befreit oder von höheren Mächten begnadet und in lichtvollere Sphären geführt werden.»*

«Sag mal, Orion, woher hast du eigentlich dieses unglaubliche Wissen? Ich meine, in der Schule lernt man sowas ja nicht, oder?»

«Nein, in den weltlichen Schulen lernt man leider viel zu viel unnützes Zeug», meinte Orion achselzuckend. «Dabei gäbe es wahrlich wichtigere Dinge, die der Allgemeinheit endlich zugänglich gemacht werden sollten. Ich weiss das aus dem simplen Grund, weil ich das alles mit eigenen Augen gesehen und selber erlebt habe. Mehr kann ich dir dazu leider nicht verraten. Möchtest du den Rest der Durchsage auch noch hören?»

«Aber natürlich», antwortete Maria wie aus der Kanone geschossen.

Orion sammelte sich kurz, dann fuhr er mit ruhiger Stimme fort:

*«Selbst bei einem natürlichen Tod bleibt die Seele bis zu einem gewissen Grad an den physischen Körper gebunden, solange noch organische Verbindungen bestehen. Erst wenn die leblose Hülle total zerfallen ist, ungefähr nach einem Jahr, ist die Seele für die weitere Evolution bereit. Vorher ist sie meistens nicht dazu in der Lage, die niederen planetaren Schranken zu durchbrechen.»*

«Ist das der Grund, weshalb man in einigen Kulturen die Verstorbenen einäschert beziehungsweise kremiert?»

«Das ist richtig. Denn dank den reinigenden Flammen löst sich der Körper sofort in seine Bestandteile auf und die Seele kann in Frieden aufsteigen in höhere Gefilde. Wenn man jedoch langsam in einem Sarg unter der Erde vermodert, dann dauert dieser Prozess naturgemäss natürlich ein bisschen länger.»

Orion trank nochmals einen grossen Schluck Kaffee, dann fügte er hinzu:

«Dieses Prinzip gilt natürlich auch für den umgekehrten Fall, das heisst bei der Geburt. Wenn sich ein zukünftiges Elternpaar nicht richtig vorbereitet, kann es passieren, dass sie eine Wesenheit mit niedriger evolutionärer Entwicklung in ihr Leben ziehen.»

«Was meinst du mit richtig vorbereiten?»

«Naja, das beginnt natürlich schon beim Zeugungsakt und zieht sich über die gesamte Schwangerschaft hindurch bis zur Geburt. Vor allem natürlich der Mutter wäre es zu empfehlen, auf einige Dinge zu achten. Zum Beispiel auf möglichst positive Gefühle, vernünftige Ernährung, keine Giftstoffe wie Alkohol oder Nikotin im schwangeren Körper ablagern, und so weiter. Das Zauberwort heisst auch in diesem Fall Bewusstsein, also das *bewusst Sein.*»

«Oder einfach gesunden Menschenverstand walten lassen», ergänzte Maria. «Was heutzutage ja leider oftmals schon zu viel verlangt ist. Und dann wundert man sich im Nachhinein, warum alles schief läuft ...»

«Ich glaube, du hast es erfasst», lächelte Orion zufrieden. «Jetzt habe ich übrigens gerade noch eine andere Eingebung. Weisst du, was wir jetzt tun sollten? Wir sollten eine Kerze für Steven anzünden. Vielleicht gelingt es uns ja mit dieser symbolischen Zeremonie, die unsichtbaren Ketten zu lösen, die ihn durch seine mysteriösen Todesumstände noch an die Erde binden.»

«Das ist eine wunderbare Idee», rief Maria begeistert und tischte sogleich ein ganzes Arsenal an Kerzen auf. Nachdem sie alle angezündet hatte, versetzten sich die beiden in einen andächtigen, meditativen Zustand und sprachen anschliessend eine Art improvisiertes Erlösungsgebet für Steven. Zunächst passierte nichts, aber nach ungefähr fünf Minuten rumpelte es plötzlich verdächtig in der Stube.

«Schau nur, da ist schon wieder ein Buch aus dem Regal gefallen», bemerkte Maria aufgeregt. Zum zweiten Mal innert kürzester Zeit ging Orion zum Büchergestell hinüber und hob das herausgefallene Buch sachte auf.

«Ha, sieh mal einer an», lachte Orion optimistisch. «Diesmal handelt es sich um *das grosse Buch der Engel*. Das tönt doch irgendwie schon mal positiv, oder? Ich schlage vor, dass DU dieses Mal das Buch irgendwo aufschlägst und den ausgewählten Abschnitt vorliest. Einverstanden?»

«Einverstanden», erwiderte Maria geehrt, während ein freudiges Lächeln über ihr Gesicht huschte. Mit einem aufregenden Kribbeln im Bauch und geschlossenen Augen liess sie die Buchseiten gemächlich zwischen Daumen und Zeigfinger hindurch gleiten, bis ihr Herz an einer bestimmten Stelle besonders heftig pochte. Da wusste sie instinktiv, dass dies haargenau die richtige Stelle ist. Anschliessend fuhr Maria, immer noch mit geschlossenen Augen, mit dem Zeigefinger der linken Hand kreuz und quer über die aufgeschlagene Doppelseite. Es schien ihr, als würde ihr Finger wie automatisch zu einem ganz bestimmten Abschnitt hingeführt, wo er dann plötzlich schwerer wurde und sich nicht mehr bewegte.

«Ich glaube, dass ich die richtige Stelle gefunden habe», teilte sie Orion aus voller Überzeugung mit. «Soll ich die Botschaft vorlesen?»

«Ja, bitte», lächelte Orion, «Steven und ich können es kaum erwarten, die Mitteilung der Engel zu erfahren. Nicht wahr, Steven?»

Wie als Antwort darauf wehte buchstäblich aus dem Nichts ein kühler Windhauch durch das Wohnzimmer und löschte auf einen Schlag alle Kerzen aus.

«Na siehst du? Steven ist auch schon ganz ungeduldig.»

«Also gut», räusperte sich Maria. Dann setzte sie sich kerzengerade hin, atmete einmal tief durch und begann schliesslich, laut vorzulesen, was für eine Botschaft ihnen das ominöse Buch der Engel mit auf den Weg geben wollte:

*«Es gibt unzählige Legionen von uns Engelwesen. Unsere Aufgabe besteht hauptsächlich darin, die Menschen während ihrem kurzen Aufenthalt auf der Erde zu beschützen. Einige Engel sind jedoch ausschliesslich dazu da, um die Verstorbenen nach dem sogenannten Tod zu betreuen und ins Licht zu führen. Das gilt insbesondere für all die verlorenen Seelen, die unerwartet aus dem Leben gerissen wurden und in den niederen Sphären der Astralwelt gefangen sind. In der christlichen Tradition wird dieser Ort oder Geisteszustand auch als Hölle bezeichnet.»*

Plötzlich flitzte der Zeigefinger von Maria blitzschnell zu einem anderen Abschnitt und sie verspürte das starke Bedürfnis, auch diese Zeilen laut vorzulesen:

*«Höre diese weisen Worte, oh Mensch, der du diese Zeilen liest. Lasse deine Trauer nun los und fühle, wie sich ein lichtvolles Gefühl von friedlicher Stille in deinem Herzen ausbreitet. Dank deinem starken Wunsch, kombiniert mit deiner reinen Absicht, ist es uns erlaubt, die Seele des Verstorbenen, an den du gerade denkst, genau JETZT, in diesem Augenblick, zu befreien.»*

Kaum hatte sie den Satz zu Ende gesprochen, geschah etwas schier Unglaubliches. Und zwar wehte diesmal nicht ein kühler, sondern ein wohlig warmer Windhauch durch das Wohnzimmer. Wie durch Zauberhand wurden sämtliche Kerzen wieder angezündet und im ganzen Raum verbreitete sich eine unbeschreiblich friedvolle Atmosphäre.

«Mein Gott, hast du das eben gespürt, Orion?», flüsterte Maria aufgeregt. «Das hat sich angefühlt wie der Flügelschlag von einem Engel.»

Doch das war noch nicht alles. Einige Sekunden später materialisierte sich direkt vor den beiden staunenden Menschen ein lilafarbenes, wolkenartiges Gebilde. Mitten in diesem flirrenden Energiefeld, das ein bisschen an eine Fata Morgana erinnerte, erschien für einen kurzen Augenblick das selig lächelnde Gesicht von Steven.

Kurz darauf zerplatzte diese unwirklich anmutende, aber dennoch höchst reale Seifenblase in einer Art lautlosen Explosion. Dabei wurde das ganze Wohnzimmer von einem herrlichen Regenbogen aus überirdisch leuchtenden Farbtönen im wahrsten Sinne des Wortes durchflutet. Orion hätte schwören können, dass er bei diesem himmlischen Spektakel zusätzlich noch wunderschöne Engelsmusik gehört, oder besser gesagt, gefühlt hatte. Aber er hielt es für besser, diese subtile, multidimensionale Wahrnehmung für sich zu behalten. Denn Maria war auch ohne Sphärenmusik völlig aus dem Häuschen. Vor lauter Rührung liefen ihr die Tränen wie in einem kleinen Bächlein die Wangen hinunter.

«Hast du das gesehen?», murmelte sie mit zittriger Stimme. «Das war Steven ... mein geliebter Steven, der mir auf Wiedersehen sagen wollte. Jetzt weiss ich mit absoluter Sicherheit, dass er erlöst ist. Die Engel haben seine Seele in himmlische Sphären geführt. Ach, ich habe mich noch nie so glücklich gefühlt wie in diesem magischen Augenblick.»

«Tja, siehst du?», zuckte Orion lapidar mit den Schultern. «So schnell mutiert man vom bösen Poltergeist zum lieben Engelchen. Ich würde mal sagen: Operation gelungen – Patient erfolgreich, ähem, gestorben.»

«Du sagst es», kicherte Maria beinahe ein bisschen übermütig vor Erleichterung. «Wie heisst es doch so treffend: Tod, wo ist dein Stachel?»

Von diesem denkwürdigen Tag an lebte Maria glücklich und von einer tiefen Dankbarkeit erfüllt bis ans Ende ihrer Tage. Denn nun wusste sie ja, dass der Tod bloss ein Übergang in eine höhere Dimension darstellte. Je nachdem natürlich, wie man gelebt hatte, beziehungsweise in welchem Bewusstsein man gestorben war. Auf jeden Fall war ihr von diesem schicksalhaften Nachmittag an völlig klar, dass die Welten, die sie in ferner Zukunft einst bewohnen würde, zu einem grossen Teil von ihrem jetzigen Verhalten abhingen.

# Der Schutzengel-Express

Als Orion nach diesem kurzen Ausflug in die Nachbarschaft wieder nach Hause zurückkehrte, fühlte er sich auf ganz eigenartige Weise beschwingt und inspiriert. Ja, er brannte sogar regelrecht darauf, sich schnurstracks in das nächste Abenteuer zu stürzen. Und dieses sollte auch diesmal nicht lange auf sich warten lassen. Während sich Orion leise vor sich hin summend Wasser für eine Kanne Tee aufkochte, hörte er nebenbei die Nachrichten im Radio:

«...wegen einem Erdrutsch ist in Indien heute Morgen ein Zug entgleist», verkündete der Nachrichtensprecher mit monotoner Stimme. «Aufgrund der anhaltend starken Regenfälle konnten noch nicht alle Opfer geborgen werden. Die Behörden gehen davon aus, dass ...»

Mit einem tiefen Seufzer schaltete Orion das Radio schliesslich aus und setzte sich auf das Sofa im Wohnzimmer, wo er in aller Ruhe seinen – was für ein komischer Zufall – indischen Gewürztee geniessen wollte. Doch irgendwie liess ihm die soeben vernommene Nachricht von diesem Zugunglück einfach keine Ruhe. Fast gegen seinen Willen spukten die schrecklichen Bilder vom Unfallort so lebhaft in seinem Kopf herum, als würde er sich gerade selber dort befinden. Vorsichtshalber stellte Orion die Tasse mit dem heissen Tee schon mal auf den Salontisch, denn er ahnte bereits, dass nun gleich wieder einmal etwas Aussergewöhnliches passieren würde. Und auch dieses Mal sollte ihn seine hochsensible Wahrnehmung nicht täuschen.

Auf einmal spürte Orion, wie sämtliche Energien seines Körpers wie durch Zauberhand sanft, aber dennoch kraftvoll, vom unteren Ende der Wirbelsäule bis hinauf zum Scheitelpunkt des Kopfes gelenkt wurden. Dann fühlte er plötzlich einen zarten Ruck, so als ob gerade eine verborgene Tür in seiner Schädeldecke geöffnet worden wäre. Anschliessend strömte dieser hochfrequent pulsierende Energiestrom auf magische Weise aus dem Schädel heraus und bewegte sich weiter nach oben. Etwa dreissig Zentimeter über dem Kopf, exakt beim Kronenchakra, explodierte die in Bewegung geratene Lebenskraft förmlich und entlud sich in einer wunderschönen – für menschliche Augen jedoch unsichtbaren – Lichtkugel.

Ehe sich Orion versah, war der Kontakt mit der jenseitigen Welt bereits hergestellt. Sein höheres Bewusstsein war auf Empfang geschaltet und er fühlte sich auf mysteriöse Art und Weise mit etwas Grösserem verbunden. Was auch immer gerade mit ihm geschehen war, es hatte ihn auf jeden Fall aus der dreidimensionalen Wahrnehmung des gewöhnlichen Lebens herausgehoben und in einen multidimensionalen Zustand versetzt. Obwohl Orion diese energetische Lichtsprache, mit welcher das Universum offenbar mit ihm kommunizierte, mittlerweile recht gut zu deuten vermochte, überkam ihn dennoch jedes Mal ein ehrfürchtiger Schauer. Er fand es schlicht und einfach verblüffend, welche Dinge sich ihm jeweils eröffneten, wenn er den Kontakt mit diesen höheren Schwingungen vertrauensvoll zuliess.

Plötzlich vernahm er ein leises Klingeln, begleitet von unverständlichem Gemurmel. Orion glaubte, seinen Augen nicht zu trauen, als einen Augenblick später eine Art feinstofflicher, futuristischer Sportwagen buchstäblich aus dem Nichts erschien und direkt vor seiner Nase anhielt. Im Inneren dieses offenbar höherdimensionalen und vor allem sehr geräumigen Gefährts befand sich eine Gruppe von acht geheimnisvoll kichernden Gestalten. Orion konnte diese äusserst seltsame Erscheinung zunächst nur verschwommen erkennen, da sich seine geistigen Augen erst auf diese lichtvolle Schwingungsfrequenz einstellen mussten.

«Hallo Orion, lieber Freund», begrüsste ihn der Pilot fröhlich. «Ich bin David, der Leiter von diesem interdimensionalen Schutzengel-Express, den du gerade siehst. Wenn du bereit bist, um die nächste Lektion auf deinem Seelenweg zu lernen, dann steig ein.»

Obwohl Orion noch immer nicht genau wusste, um was es da eigentlich genau ging, stieg er ohne zu zögern in das himmelblaue Fahrzeug.

«Sehr schön», lächelte David schelmisch, «habe ich mir doch gedacht, dass eine alte Abenteurerseele wie du so einem verlockenden Angebot nicht widerstehen kann. Somit heisse ich dich im Namen unserer Besatzung offiziell herzlich willkommen an Bord unserer mit rein magnetischen Kräften angetriebenen Zeitmaschine. Mit diesem hübschen kleinen Fortbewegungsmittel sind wir stets unterwegs, um den Menschen in Notlagen zu helfen. Ach ja, dein physischer Körper bleibt während unserer Reise übrigens hier, der feinstoffliche Lichtkörper reicht dafür völlig aus.»

Tatsächlich spürte Orion, wie die Last von seinem

schwerfälligen, irdischen Körper sogleich von ihm abfiel, als er einstieg.

«Na, das ist ja wieder einmal toll», erwiderte er voller Freude, während er einen begrüssenden Blick in die illustre Runde warf, die sich im hinteren Teil des Fahrzeugs befand. «Aber sagt mal, Leute, äh, Engel, wieso wird ausgerechnet mir diese Ehre zuteil? Ich meine, es gibt doch sicherlich noch Tausende anderer Menschen auf diesem Planeten, die sich so eine Expedition in unbekannte Gefilde wünschen würden.»

«Das ist richtig», antwortete David, dessen kluge Augen allein schon Bände sprachen. «Aber man bekommt nicht das, was man sich beiläufig wünscht. Sondern das, was man sich mit langer und oftmals anstrengender Arbeit an sich selber in diesem sowie in früheren Leben erarbeitet hat. Und du bist einer der wenigen Kandidaten, der dank ernsthaften und intensiven Bemühungen kurz davorsteht, das grosse Werk bald abzuschliessen. Mehr darf ich dir momentan nicht dazu sagen.»

Nach einer kurzen Pause verkündete er in heiterem Tonfall: «So, bitte anschnallen. Nächster Halt: Indien.» Darauf betätigte der sympathische Fahrer vom Schutzengel-Express ohne weitere Erklärungen einen leuchtend grünen Knopf, und eine Sekunde später zischte die schnittige Maschine mit mehrfacher Lichtgeschwindigkeit durch Raum und Zeit. Moment ... durch Raum UND Zeit? Ganz genau, denn die Truppe wollte den Unfallort in Indien nämlich erreichen, noch bevor sich das Zugunglück überhaupt ereignet hatte.

Als David die Zeitmaschine wenig später auf einer Anhöhe irgendwo in den Bergen von Karnataka parkte, herrschte auf einmal eine andächtige Stille im Fahrzeug. Man konnte die Ruhe vor dem Sturm, der gleich losbrechen sollte, förmlich spüren. Neugierig schaute Orion nach draussen, um die teilweise bewaldeten und mit allerlei Gebüsch und Felsen bedeckten Hügel rundherum zu bestaunen. Es regnete in Strömen, und dies offensichtlich schon seit Tagen. Dann entdeckte er nicht weit entfernt etwas Erschreckendes. Von einem der Hügel hatte sich kürzlich eine Schlammlawine gelöst, denn die unübersehbaren Spuren waren noch frisch. Die tiefe Schneise, die sich über den gesamten Hang bis hinunter ins Tal zog, zeugte von der gewaltigen Kraft der Natur. Ungefähr in der Mitte dieser Schneise hatte sich bis vor Kurzem eine massive Eisenbahnbrücke befunden, die von der Wucht des Erdrutsches jedoch so mühelos mitgerissen worden war, als ob es sich dabei um eine Spielzeugbrücke gehandelt hätte. Nur ein paar vereinzelte Brückenpfeiler hatten die Katastrophe einigermassen heil überstanden, der Rest der Konstruktion war eingestürzt. Unweigerlich kamen Orion die Worte des Nachrichtensprechers in den Sinn, die er kürzlich im Radio gehört hatte: «... wegen einem Erdrutsch ist heute Morgen in Indien ein Zug entgleist ...» Da dämmerte es ihm auf einen Schlag, dass demnächst ein Zug über diese Brücke rollen und hilflos in den Abgrund stürzen würde.

«David», rief er aufgeregt, «gibt es denn gar keine Möglichkeit, dieses Unglück irgendwie zu verhindern? Ich meine, ihr seid doch schliesslich allesamt Schutzengel, oder?»

«Tja, rein theoretisch wäre das natürlich schon möglich», seufzte das Oberhaupt mit ernsthaftem

Gesichtsausdruck. «Aber in der Realität dürfen wir natürlich nicht einfach so nach eigenem Gutdünken in bereits vorprogrammierte Geschehen eingreifen. So ein Ereignis ist nämlich eine unglaublich komplexe Angelegenheit, bei der diverse Einzel-und Massenschicksale auf vielen verschiedenen Ebenen ineinander verwebt sind. Wie das genau im Detail aussieht, weiss nur die allwissende, göttliche Intelligenz. Uns ist es lediglich erlaubt, denjenigen zu helfen, die Hilfe annehmen wollen.»

«Wie meinst du das?», hakte Orion nach. «Jeder Mensch möchte doch, dass ihm geholfen wird. Gerade in solch schlimmen Situationen, wie wir hier gleich eine antreffen werden. Oder liege ich mit meiner Vermutung falsch?»

«Auch das ist wiederum eine ziemlich komplexe Angelegenheit», erklärte David geduldig. «Denn viele Menschen können oder wollen aus verschiedenen Gründen keine Hilfe annehmen. Zum Beispiel, weil sie im Verlauf ihres Lebens eine Art Schutzpanzer um ihre Seele gelegt haben. Diese Hülle ist über die Jahre oftmals so undurchdringlich für jegliche Impulse geworden, dass selbst wir Schutzengel nichts unternehmen können. Deshalb sind für einige Menschen solch vermeintlich harte Schicksalsschläge manchmal leider notwendig, damit ihr Panzer zerbricht und sie wieder offen werden für die höhere Führung aus dem Innern. So traurig dies auch klingen mag, aber der normale Durchschnittsmensch lernt leider meistens nur durch leidvolle Erfahrungen. Und wenn ich lernen sage, spreche ich von spirituellen Fortschritten in der seelischen Entwicklung. Aber wie heisst es doch so treffend: Die Wege des Herrn, beziehungsweise der Seele, sind unergründlich.»

Orion dachte eine Weile über diese weisen Worte nach, bis ihn einer der Engel aus dem hinteren Bereich des Wagens abrupt aus seinen Gedanken riss.

«Hey Dave, es ist gleich so weit», durchbrach er die angespannte Stille. «Der Zug rollt in Kürze hier vorbei. Sollen wir uns langsam in Position begeben?»

«Ja, das ist eine gute Idee», antwortete David gelassen. «Geht ihr schon mal voraus. Ich komme gleich nach mit Orion. Denn ich möchte ihm bei dieser Gelegenheit so viele Dinge wie möglich erklären.»

Auf dieses Kommando hin schwirrten die sieben Schutzengel dieser Einheit davon und positionierten sich in der Nähe der eingestürzten Brücke. Währenddessen legte David seinem Schüler Orion behutsam die Hand auf die Stirn.

«Ich werde dir nun gewisse Energien übertragen, damit du dich an mein Bewusstsein koppeln kannst», sprach er. «Somit hast du vorübergehend nicht nur Zugriff auf mein gesamtes Wissen, sondern du erhältst zusätzlich noch ein paar weitere Fähigkeiten. Zum Beispiel Gedankenlesen, Fliegen, durch materielle Gegenstände hindurchzusehen und sich durch Willenskraft sichtbar oder unsichtbar zu machen, um nur einige davon zu nennen.»

«Mit anderen Worten: Du hast mich jetzt soeben in Superman verwandelt», meinte Orion sichtlich nervös. Im selben Moment konnte er in der Ferne bereits das unverkennbare Rattern des altmodischen Zuges hören. Kurz darauf tauchte die indische Eisenbahn auch schon zwischen den Bäumen auf und tuckerte in gemächlichem Tempo um die Kurve. Und genau wegen dieser verflixten Kurve merkte der Lokomotivführer viel zu spät, dass die Brücke, welche normalerweise über die kleine Schlucht vor ihm führte, praktisch vollständig eingestürzt war.

Da Orion nun das multidimensionale Bewusstsein eines Engels besass, konnte er sich gefühlsmässig mühelos in die Lage des Lokomotivführers sowie aller Passagiere an Bord versetzen. Rajiv, der schockierte Zugführer, reagierte blitzschnell und zog unverzüglich die Notbremse. Doch bis das lange und vor allem schwere Ungetüm von einem Zug endlich zum Stillstand kam, schlitterte er naturgemäss noch einige Meter quietschend über die Geleise. David und Orion hatten sich inzwischen als unsichtbare Gäste in die Fahrerkabine begeben. Der todgeweihte Mann sass mutterseelenallein auf dem Führersitz in seiner Kabine und starrte mit grossen Augen und vor Schreck offenem Mund auf den Abgrund, der sich unmittelbar vor ihm auftat. Innerlich wusste er ganz genau, dass alles, was nun geschehen würde, nicht mehr in seiner Macht lag.

Unkontrolliert flitzten seine Gedanken hin und her zwischen seinem eigenen Leben, demjenigen der Passagiere sowie seiner Familie, die vermutlich gerade zu Hause sass.

«Jetzt müssen meine drei Kinder ohne Vater aufwachsen, und meine Frau muss die ganze Last alleine tragen», schoss es ihm noch durch den Kopf, kurz bevor die Lokomotive mit einem krachenden Geräusch in den schlammigen Abgrund stürzte und die ersten drei Waggons mit sich in die Tiefe riss. Die hinteren vier Wagen kamen noch vor der Brücke zum Stillstand und deren Passagiere blieben wie durch ein Wunder vom Unglück verschont.

«Wir konzentrieren uns nun hauptsächlich auf Rajiv, den Zugführer», sagte David ruhig wie immer. «Denn schliesslich trägt er die Verantwortung und braucht deshalb individuelle Unterstützung. Die anderen Schutzengel werden sich unterdessen um die restlichen Menschen kümmern.»

Orion war ein bisschen mulmig zumute. Kein Wunder, denn immerhin hatte er gerade aus nächster Nähe miterlebt, wie es sich anfühlt, wenn man plötzlich unerwartet aus dem Leben gerissen wird. Noch bevor die Lokomotive ungefähr zehn Meter weiter unten auf dem Boden aufprallte und wie eine Handorgel zusammengedrückt wurde, hatte die Seele von Rajiv den Körper bereits verlassen. Da er bei diesem dramatischen Unfall glücklicherweise keinerlei physische Schmerzen verspürte, realisierte der gute Mann auch gar nicht, dass er soeben gestorben war. Wie ein unbeteiligter Zuschauer, der das ganze Spektakel aus der Vogelperspektive beobachtet, nahm er zur Kenntnis, dass sich soeben etwas unglaublich Tragisches ereignet hatte. Doch aufgrund der Schockstarre wegen des plötzlich eingetretenen Unfalltodes war er vorerst nicht in der Lage, die volle Tragweite dieses Ereignisses zu erkennen.

«Komm mit, wir dürfen ihn nicht aus den Augen lassen», erklärte David, «zumindest so lange nicht, bis er die Lichtbrücke endgültig überschritten hat.»

«Die Lichtbrücke?», fragte Orion verwundert.

«Ja, das ist die Grenze zwischen Leben und Tod.

Sobald er auf der anderen Seite angelangt ist, gibt es kein Zurück mehr. Es gibt nämlich auch Menschen, die mitten auf der Lichtbrücke wieder umkehren, weil ihr Lebenswille noch zu mächtig ist. Das passiert zum Beispiel ab und zu mit klinisch toten Patienten, die dann plötzlich auf vermeintlich wundersame Weise wieder lebendig werden.»

«Dieser Kerl hier scheint mir aber auch ziemlich lebendig zu sein, wenn du mich fragst», bemerkte Orion sarkastisch.

«Das hast du richtig erkannt», erwiderte David. «Denn wie du weisst, existiert der Tod in Wirklichkeit ja auch gar nicht. Aber die grosse Masse der Menschen, die in dieser begrenzten, dreidimensionalen Scheinwelt der Formen gefangen ist, kann diese Tatsache natürlich zum jetzigen Zeitpunkt noch nicht begreifen.»

«Zum Beispiel so, wie unser lieber Freund hier», meinte Orion, indem er auf Rajiv zeigte, der völlig verpeilt am Unfallort umherirrte.

Auch er hatte wie die meisten anderen Passagiere noch nicht gemerkt, dass er den hauchdünnen Schleier zum Jenseits soeben durchschritten hatte, und dass ihn die lebenden Menschen weder sehen noch hören oder sonst irgendwie wahrnehmen konnten. Erstaunt beobachtete Orion, wie Rajiv zusammen mit vier ebenfalls umgekommenen Leuten aufgeregt diskutierte. Sie waren gerade dabei, aus einem komplett zerquetschten Eisenbahnwagen zu klettern, oder besser gesagt heraus zu schweben. Als die Gruppe frisch Verstorbener mit überlebenden Passagieren in Kontakt treten wollte, verzweifelten sie fast, denn der Versuch war ziemlich hoffnungslos. Ganz offensichtlich konnte kein lebender Mensch sie wahrnehmen.

«Hallo, wieso hört uns denn niemand?», versuchte Rajiv fassungslos, sich bemerkbar zu machen. «Ich bin unverletzt, ebenso wie diese vier Passagiere hier, die sich im ersten Wagen befanden.»

In diesem Moment bekam er zufällig ein Gespräch von zwei überlebenden Zugangestellten mit.

«Hast du gesehen? In der Führerkabine befindet sich die Leiche von Rajiv», sagte der eine. «Das sieht aber gar nicht schön aus.»

«Der arme Kerl hatte absolut keine Überlebenschance da vorne», erwiderte der andere. «Wer soll sich jetzt bloss um seine Frau und die drei Kinder kümmern?»

«Aber ich bin doch hier, verdammt nochmal», brüllte Rajiv in voller Lautstärke. «Was ist mit euch denn los? Seid ihr alle verrückt, oder was?»

Er stand noch eine Weile neben seinen ehemaligen Arbeitskollegen und fuchtelte wild mit den Armen herum, aber es war zwecklos. Dann rannte er vor lauter Verzweiflung mitten durch die Wand eines zertrümmerten Eisenbahnwaggons hindurch, der lichterloh brannte. Erst jetzt realisierte Rajiv allmählich, dass offensichtlich etwas ganz und gar nicht stimmte.

«He, Moment mal», redete er mit sich selber. «Ich bin soeben durch eine Wand hindurch gelaufen und stehe nun mitten im lodernden Feuer. Wieso spüre ich nichts? Bin ich etwa tatsächlich ... gestorben? Tot? Ein für alle Mal? Aber wieso fühle ich mich denn so quicklebendig wie noch nie?»

David und Orion, die dem verwirrten Zugführer auf

Schritt und Tritt gefolgt waren, machten sich nun für ihn sichtbar.

«Ja, mein lieber Rajiv», sprach David besänftigend und legte ihm väterlich den Arm um die Schultern. «Dein irdisches Leben wurde soeben hier in diesem Zug beendet. Weil du deinen physischen Körper abgestreift hast wie ein altes Kleid, können dich die Leute nun nicht mehr erkennen in deinem strahlenden, feinstofflichen Körper.»

«He, wer seid ihr denn?», zuckte er erschrocken zusammen. Doch nachdem er den grossen Engel einige Sekunden lang schweigend betrachtet hatte, wurde ihm plötzlich alles klar.

«Ach so, ich verstehe», murmelte er überraschend gefasst. «Na gut, wenn es so sein muss, dann bin ich bereit, zu gehen.»

Mit einem tiefen Seufzer verabschiedete sich Rajiv von dieser Erde und warf einen letzten Blick auf seinen zerschundenen Körper, der sowieso nur noch eine leblose, halb verkohlte Hülle war.

Schliesslich gab er seinem Schutzengel David vertrauensvoll die Hand, dann entschwebten die beiden mitsamt Orion dem brennenden, von beissendem Rauch erfüllten Zugwagen. Beschützend nahmen sie Rajiv in die Mitte, als sie gemeinsam über die Lichtbrücke schwebten. Auf der anderen Seite schimmerte ein überirdisch schönes, regenbogenfarbenes Licht, während die irdische Welt hinter ihnen immer mehr verblasste und an Bedeutung verlor. Am Ende der magischen Lichtbrücke übergaben sie den inzwischen feinstofflichen Zugführer einem weiteren Engel, der ihn bereits erwartet hatte.

«Du bist jetzt in Sicherheit, Rajiv», erklärte David geduldig. «Meine liebenswerte Engelfreundin Lana wird dich nun durch den reinigenden Regenbogentunnel begleiten, der dich endgültig von allen weltlichen Verstrickungen befreit. Anschliessend darfst du erst einmal in aller Ruhe ausschlafen und dann sehen wir weiter. Alles klar?»

«Äh, ja, ich denke schon», stammelte Rajiv etwas unsicher. «Es ist nur ... meine Familie ...»

«Ach, mach dir deswegen keine Sorgen», übernahm Lana, der strahlende, blonde Engel das Wort. «Wir werden das schon regeln, das verspreche ich dir.» Charmant lächelte sie den beiden Boten David und Orion zu, dann verschwand sie zusammen mit Rajiv im bunt flirrenden, kaleidoskopartigen Tunnel in die nächste Sphäre.

«Wir sollten nun wieder zurück, die anderen können unsere Hilfe bestimmt brauchen», schlug David vor. «So etwas wie Kaffeepausen gibt es bei uns leider nicht.»

«Und die Überstunden werden bestimmt auch nicht ausbezahlt, richtig?», scherzte Orion, obwohl es momentan eigentlich nicht gerade der richtige Zeitpunkt für Scherze war. Aber der gute alte David war immer für ein Spässchen zu haben, selbst in hektischen Zeiten.

«Überstunden und Ferien sind bei uns leider unbezahlt, denn wir Schutzengel arbeiten alle im Stundenlohn», entgegnete er gewitzt. «Vielleicht sollte ich deswegen mal die Gewerkschaft kontaktieren.»

«Oder eine feinstoffliche Demonstration für bessere Arbeitsbedingungen organisieren», doppelte

Orion nach, während sie in luftiger Höhe über die für menschliche Augen unsichtbare Lichtbrücke zurückspazierten.

Auf der realen Erde unter ihnen bot sich jedoch ein Bild, das etwas weniger spassig war. Von den ersten drei Waggons des ausgebrannten Zuges war mittlerweile nicht mehr allzu viel übrig. Der vierte baumelte gefährlich in der Luft und die hinteren paar Wagen standen nach wie vor unversehrt auf dem Gleis, direkt vor dem Abgrund. Inzwischen waren die ersten Rettungskräfte per Helikopter bereits eingetroffen und leisteten den vielen verletzten Personen, die überall stöhnend vor Schmerz herumlagen, erste Hilfe. Den Toten leistete eine andere Truppe Beistand – und zwar die Spezialeinheit vom interdimensionalen Schutzengel-Express.

«Meine Kollegen da unten kommen wohl ganz gut klar, soweit ich das von hier aus beurteilen kann», meinte David mit prüfendem Blick. «Das heisst, wir können uns in aller Ruhe dem Spezialauftrag widmen, der leider immer bei solchen Ereignissen anfällt.»

«Das tönt ja wieder einmal sehr geheimnisvoll», entgegnete Orion neugierig. «Was meinst du denn damit?»

«Das Böse vertreiben», kam die lapidare Antwort.

Im ersten Moment war sich Orion nicht sicher, ob das jetzt ein Witz gewesen war oder nicht. Doch dann erblickte er etwas äusserst Merkwürdiges, um nicht zu sagen, Beängstigendes.

Rings um die Unfallstelle herum, perfekt getarnt im Rauch der qualmenden Waggons, kristallisierte sich bei genauerem Hinschauen auf einmal ein fremdes Energiefeld heraus. Genauer gesagt handelte es sich bei dieser pechschwarzen Wolke um Seelenfänger aus der niederen Astralwelt.

«Wie du bereits gemerkt hast, gibt es da unten verschiedene Arten von Rauchwolken», fuhr David mit seiner kosmischen Schulung fort. «Sie unterscheiden sich nur ganz subtil voneinander. Das klebrig schwarze, niederfrequente Energiefeld wurde von boshaften, dämonischen Wesen programmiert. Diese Kreaturen sind auf ihre eigene Weise äusserst intelligent. Höllisch intelligent, könnte man fast sagen.»

«Und was bezwecken sie mit diesen Energiewolken?», wollte Orion wissen.

«Genau das werden wir uns jetzt gleich vor Ort ansehen. Bist du bereit?»

«Yes, Sir», kam die Antwort wie aus der Pistole geschossen.

Auf Davids Kommando sausten die beiden im Sturzflug von der himmlischen Lichtbrücke direkt in die höllische Rauchwolke. Als sie sich mitten in diesem hässlichen Gebilde befanden, erkannte Orion, dass es sich hierbei tatsächlich um eine eigenständige Wesenheit handelte. Er konnte den abgrundtiefen Hass deutlich fühlen, der ihm entgegen geschleudert wurde. Die Abscheu vor dem Licht war ebenso spürbar, so dass die Engel buchstäblich gegen eine massive Wand aus purer Dunkelheit ankämpfen mussten. Aller Widerstände zum Trotz nahm Orion plötzlich eine bittersüsse, telepathische Stimme wahr, die ihn mit irgendwelchen teuflischen Verlockungen manipulieren und so von ihm Besitz ergreifen wollte.

«Hör nicht auf den albernen Mann in Weiss»,

zischte die abartig verzerrte, flüsternde Stimme doppelzüngig. «Dieser weltfremde Typ mit seinem altmodischen Weltbild hat keine Ahnung. Komm lieber zu uns, ins Team der schwarzen Engel. Hier wirst du wahre Macht erhalten und für deine Dienste fürstlich belohnt werden. Solch kluge Seelen wie dich können wir nämlich gut gebrauchen.»

Nach diesem ersten Annäherungsversuch verstummte die Stimme und die grosse, dunkle Wolke teilte sich plötzlich in Hunderte von individuellen Wesenheiten auf. Dank seinem von David verliehenen Röntgenblick konnte Orion klar und deutlich sehen, wie sich jedes dieser verkleinerten Energiefelder je einen frisch Verstorbenen aussuchte, um ihm mit schmeichelhaften Versprechungen den Pfad zur Hölle schmackhaft zu machen.

David, der sich solche Attacken gewohnt war und sich bestens damit auskannte, behielt jedoch einen kühlen Kopf.

«Selbstverständlich habe ich alles mitbekommen», informierte er Orion. «Nun hast du am eigenen Leib erfahren, wie es ist, wenn einen das Böse verführen will. Nämlich, indem sie dich mit süssen Worten einlullen und so gefügig machen wollen. Aber du hast sehr gut reagiert, indem du die Einflüsterungen einfach ignoriert hast. Leider reagieren nicht immer alle so abgeklärt. Komm mit, ich werde es dir an einem Beispiel zeigen.»

Nicht weit entfernt, neben einem zertrümmerten Zugwagen, lag der Körper einer schwerverletzten Frau im Schlamm. David wusste, dass sie in wenigen Augenblicken sterben würde. In dem Moment, als ihre

Seele aus dem Körper austrat, wurde sie zwar von zwei Engeln beschützt, die jedoch nicht eingreifen durften, da sie den freien Willen der Menschen jederzeit respektieren müssen. Weil die dämonischen Kräfte dieses Gesetz natürlich kannten, warteten sie bereits wie Aasgeier. So wie sie es bei jedem Massensterben wie zum Beispiel bei Krieg, Unfällen oder ähnlichen Situationen zu tun pflegten. Nur mit dem Unterschied, dass sie nicht wie die Aasgeier bloss den Körper auffressen, sondern die Seele verführen und von ihr Besitz ergreifen wollten.

Genauso geschah es auch bei dieser Frau, die Rajatea hiess. Verwirrt und zugleich unter Schock stehend, blickte sie auf ihren leblosen Körper, der wie ein altes, ausgedientes Kleidungsstück auf dem schlammigen Boden lag. Ohne zu zögern, versuchten die dunklen Mächte sofort, sich ihrer Seele zu bemächtigen, während sich die Lichtengel beobachtend im Hintergrund aufhielten.

«Liebste Rajatea, da bist du ja endlich», säuselte der Energievampir in schleimig süsslichem Tonfall. «Folge uns schnell, damit wir dich zu unserer lang ersehnten Königin krönen können, die du in Wirklichkeit bist. Denn du bist die Auserwählte. Kostbarer Schmuck aus Perlen sowie zahlreiche andere Juwelen erwarten dich in unserem Reich.»

Geschmeichelt von diesem Angebot und vor allem von der Versprechung, die ausserwählte Königin zu sein, huschte ein mildes Lächeln über Rajateas Gesicht.

«Von welchem Land werde ich denn Königin sein?», fragte sie in ihrer grenzenlosen Naivität. «Wo werde ich regieren? Und werde ich wirklich reich und berühmt werden? So, wie ein Bollywood-Star?»

In ihren Augen funkelte der trübe Glanz der Verblendung, als sie an all den Reichtum, Glanz und Glamour dachte. Selbst kurz nach ihrem Tod konnte sie geistig noch immer nicht über den engen Radius von ihrem normalen Alltagsbewusstsein gehen. Zu tief waren all die in der physischen Welt angesammelten Denkmuster in ihre Seele eingebrannt. Leider war die äusserst leichtgläubige Rajatea schon zu Lebzeiten nicht gerade die intelligenteste Person auf diesem Planeten gewesen, weshalb sie natürlich auch nach ihrem Ableben relativ leicht zu beeinflussen war.

«Du wirst alles haben, was dein Herz begehrt, das verspreche ich dir», log die niederträchtige Kreatur unverfroren weiter. «Alles, was du tun musst, ist, mit uns mitzukommen und ein kurzes Gelübde abzulegen. Den Rest erledigen wir schon.»

In allerletzter Sekunde, gerade als die von dunklen Mächten umgarnte Rajatea in den Pakt mit dem Teufel einwilligen und sozusagen ihre Seele zu einem Schnäppchenpreis verscherbeln wollte, schritt der mächtige Engel David ein. Gebieterisch breitete er beide Arme aus und liess einen gewaltigen Lichtstrahl aus der linken Hand schiessen, mit dem er direkt auf Rajatea zielte. Dasselbe tat er mit der rechten Hand, doch diesen Energiestrahl richtete er auf die hinterhältige Wesenheit.

«Es werde Licht», sprach er mit solch majestätischer Stimme, die sich wie ein überirdisches Donnergrollen anhörte. Innerhalb von wenigen Sekunden schrumpfte die schwarze Wolke zusammen, begleitet von einem grauenhaft zischenden Geräusch. Dann löste sie sich schliesslich buchstäblich in Luft auf und verschwand für immer. Gleichzeitig mit dieser Aktion fiel der dunkle, manipulative Schleier des Vergessens von Rajatea ab und sie erstrahlte endlich als das helle Lichtwesen, das sie in Wirklichkeit war. Wie ein neugeborenes Baby, das zum ersten Mal die Sonne sieht, blinzelte sie rein und unverdorben in das heilende Licht, welches immer noch aus Davids Handfläche herausströmte.

«Komisch, mir ist auf einmal so anders», nuschelte Rajatea benommen vor sich hin. «Wieso fühle ich mich plötzlich so leicht und beschwingt?»

«Das liegt daran, dass wir vom Schutzengel-Express dich soeben aus den Fängen des Bösen befreit haben», klärte David sie auf. «Du hast unheimliches Glück gehabt, denn normalerweise dürfen wir nicht einfach so eingreifen. Aber aufgrund deiner karmischen Vorgeschichte war es mir erlaubt, dich zu retten.»

Dann bedeutete er seinen beiden Engelkollegen mit einem Handzeichen, dass sie die Frau über die Lichtbrücke begleiten sollen.

«Oh, danke, danke ... Tausend Dank», rief die gerettete Rajatea abermals ganz verzückt, während sie von den beiden Schutzengeln sicher in die jenseitige Welt eskortiert wurde.

David winkte ihr lächelnd zu, dann sagte er cool wie immer: «Tja, Daily Business halt. Wir erhalten zwar nie Trinkgeld, aber so ein Dankeschön aus tiefstem Herzen ist doch sowieso viel schöner, oder?»

«Da gebe ich dir vollkommen recht, Dave», stimmte ihm Orion zu. «Aber hey, die Nummer mit dem Lichtstrahl war echt ziemlich beeindruckend. Und überhaupt habe ich heute unheimlich viel Neues gelernt. Was an so einer Unfallstelle auf feinstofflicher Ebene so alles abgeht, ist ja wirklich unglaublich. Also, wenn ich das nicht mit eigenen Augen gesehen hätte, dann würde ich es wohl nicht glauben. Deshalb möchte auch ich mich an dieser Stelle von ganzem Herzen bei dir bedanken. Das war wirklich eine tolle Erfahrung.»

«Ach, nichts zu danken, mein lieber Orion», winkte David bescheiden ab. «Jetzt wird es aber höchste Zeit, dass ich dich wieder nach Hause bringe. Denn dein feinstofflicher Lichtkörper sollte nicht zu lange von der materiellen Hülle getrennt sein, sonst könnte diese im schlimmsten Fall nämlich absterben. Und was dann passiert, darüber weisst du ja jetzt Bescheid.»

«Oh ja», lachte Orion spitzbübisch, «es scheint so, dass die Grenze zwischen Leben und Tod tatsächlich immer mehr verschwimmt. Und wer weiss, vielleicht wird die Grenzkontrolle an der Lichtbrücke ja eines Tages ganz abgeschafft. Dann können sich die Menschen nach Lust und Laune frei zwischen dem Diesseits und dem Jenseits hin- und herbewegen.»

«Solange die Menschen in Endlosschlaufe ihre vergangenen Erfahrungen wiederholen und somit dieselben vorgegebenen Verhaltensmuster immer wieder von Neuem bestätigen, wird sich auf diesem Planeten leider gar nichts ändern», prophezeite David mahnend. «Oder etwas einfacher ausgedrückt: Wie will jemand die grossen kosmischen Zusammenhänge verstehen, wenn er noch nicht einmal die simplen Gesetzmässigkeiten kennt, denen sein eigenes kleines Leben unterworfen ist?»

Mit diesem klaren Schlusswort gab er Orion nicht nur genügend Stoff zum Nachdenken mit auf den Weg, sondern beendete damit auch offiziell ein weiteres lehrreiches Abenteuer. Nachdem alle Passagiere des verunfallten indischen Zuges versorgt waren, sammelte David seine Schäfchen wieder ein. Anschliessend düste der Schutzengel-Express nach erfolgreicher Mission zurück nach Europa, um ihren Spezialgast Orion wieder sicher nach Hause zu bringen.

# Ein tragisches Leben

Als Orion einige Tage später friedlich durch die Stadt bummelte, fiel ihm wieder einmal auf, wie unglaublich gestresst alle Menschen durch die Strassen eilten. Selten sah er jemanden lächeln, geschweige denn fröhlich miteinander plaudern, so wie er es schon oft in fernen Ländern beobachtet hatte. Im Gegenteil, die meisten Passanten hasteten mit einem derart missmutigen Gesichtsausdruck durch ihr Leben, als befänden sie sich gerade auf dem direkten Weg in die Hölle. Und dies erst noch in einem Land, in dem es fast allen Einwohnern, zumindest materiell gesehen, blendend ging. Viele von ihnen nahmen ihre Umwelt praktisch überhaupt nicht wahr, da sie eifrig damit beschäftigt waren, sogar während dem Gehen ständig wie betäubt auf die winzigen Bildschirme ihrer Smartphones zu starren. Armselige Sklaven der Technologie, buchstäblich eingesperrt in einem unsichtbaren, elektronischen Gefängnis. Keine einzige Figur aus dieser offenbar mit Erfolg herangezüchteten, gleichgeschalteten Schafherde schien überhaupt zu bemerken, was für ein herrlicher Tag es da draussen in der realen Welt eigentlich war. Die Sonne lachte vom strahlend blauen Himmel, es herrschte angenehm mildes Wetter, die Vögel zwitscherten von den Bäumen und die ersten Blumen erwachten allmählich aus dem Winterschlaf.

Orion war offensichtlich das einzige menschliche Wesen hier, das nicht mehr dem begrenzenden Massenbewusstsein unterworfen war, denn er lebte buchstäblich in seiner eigenen Dimension. Trotzdem beschlich ihn beim Anblick dieser fremdgesteuerten Roboter ein beklemmendes Gefühl, weil er sich ja trotzdem irgendwie zurechtfinden musste in dieser zutiefst gestörten, oberflächlichen Gesellschaft. Eine Gesellschaft, die zunehmend künstlich und leer wurde, völlig entfremdet von der Natur sowie jeglichem gesunden Menschenverstand.

«Indem wir uns ständig mit Technik umgeben, heucheln wir zwar soziale Verbundenheit miteinander vor», analysierte Orion die Situation für sich selber, «aber in Wirklichkeit entmenschlicht uns diese Entwicklung, die scheinbar alle völlig kritiklos hinnehmen. Offensichtlich ist es dem System bisher ganz gut gelungen, einen grossen Teil der Weltbevölkerung durch die Abhängigkeit von technischen Geräten mundtot, und vor allem hirntot, zu machen. Denn je mehr Leute stromlinienförmig durchs Leben gehen mit dieser beschämenden Opfermentalität, desto mehr lachen sich die wahren Machthaber dieses Systems heimlich ins Fäustchen. So sieht es doch aus mit der vielbeschworenen Ethik und Moral der Verlogenen. Eines nicht allzu fernen Tages wird uns die künstliche Intelligenz geistig überlegen sein, und dann haben wir den Salat.»

Nachdem er dieses Volk im geistigen Narkosezustand eine Weile lang beobachtet hatte, fühlte er sich plötzlich so unbeschreiblich fremd in seiner eigenen Heimat, dass er schleunigst weg musste. Raus aus der Stadt und irgendwo aufs Land, wo er neue Energie auftanken konnte.

Bereits eine Stunde später sass er mutterseelenallein an einem kleinen Weiher, der sich weit weg von der hektischen Zivilisation der virtuellen Tyrannei befand. Zumindest genug weit weg, dass er wieder frei atmen konnte. Noch nie zuvor hatte sich Orion dermassen nach einem ruhigen und harmonischen Rückzugsort in der Natur gesehnt wie an diesem Tag. Irgendetwas in ihm hatte sich grundlegend verändert, nachdem er in letzter Zeit so viel Aussergewöhnliches erlebt hatte. Das Problem schien nun eher, dass er dafür mit dem Gewöhnlichen nicht mehr zurechtkam. Zu banal und belanglos erschien ihm plötzlich diese ach so fortschrittliche Welt.

«Gibt es für Leute wie mich überhaupt noch einen Platz in einer Gesellschaft, in der es nur noch darum geht, dem krankhaften Leistungsdruck, der in jedem Lebensbereich herrscht, gerecht zu werden?», dachte er mit einem flauen Gefühl im Magen. «Jeder will der Beste, Schönste und Reichste sein. Schon von Kindesbeinen an wird einem pausenlos eingetrichtert, dass man immer besser sein muss als die anderen. Unser gesamtes System, vor allem das Schulsystem, ist dermassen mittelalterlich, dass es förmlich nach Veränderungen schreit. Wenn wir Menschen doch nur endlich begreifen würden, dass wir auf diesem wunderschönen Planeten bloss zu Gast sind, dann würden wir uns vielleicht ein bisschen bewusster verhalten. Vielleicht aber auch nicht.»

Schwermütig seufzend warf Orion ein paar Steine in den Teich und beobachtete gedankenverloren, wie sich die daraus entstehenden, kleinen Wellen kreisförmig ausbreiteten. Ohne die Reize der nervtötenden, lauten und hektischen Welt erfuhr er hier draussen, mitten in der Natur, eine heilsame Stille, die ihn unweigerlich in die Tiefe seiner Seele führte. Während sich Orion dieser wunderbaren, meditativen Stimmung völlig hingab, flackerte auf einmal ein unbestimmtes, nagendes Gefühl der Verzweiflung und Hoffnungslosigkeit tief in seinem Inneren auf. Aus irgendeinem, ihm unbekannten Grund wurde dieses äusserst beklemmende Gefühl genau jetzt an diesem Ort aus seinem Unterbewusstsein an die Oberfläche gespült. Als er diese eigenartige Gefühlswallung jedoch widerstandslos zuliess, spürte er deutlich, dass es sich um eine unbewusste Erinnerung aus der Vergangenheit handelte. Diese war seit langer Zeit immer noch irgendwo in einer dunklen Ecke seiner Aura abgespeichert und hing dort fest.

Was auch immer das für eine traumatische Erinnerung sein mochte, sie musste auf jeden Fall so schnell wie möglich integriert und erlöst werden, bevor er den nächsten Schritt für die letzte grosse Einweihung tun konnte. Orion wusste natürlich, dass solche verdrängten, dunklen Schwingungen den harmonischen Fluss des Lebens unterschwellig blockierten. Meistens befanden sich solche Blockaden, abgespalten von der eigenen Seele, irgendwo im eigenen Energiefeld, wo sie in Form von energetischen Knoten festsassen. Der nächste Auftrag war also klar: Orion musste diese verdrängten, abgespaltenen Seelenaspekte befreien und in sein Bewusstsein hereinlassen. Nur so konnte er sein Karma, beziehungsweise das Gesetz von Ursache und Wirkung, endlich aufarbeiten. Und wo genau in seiner Vergangenheit die Ursache für dieses subtile Gefühl der Verzweiflung zu finden war, galt es jetzt herauszufinden.

Doch nach all diesen vielen tiefgreifenden Gedanken, die Orion an diesem Tag bereits durch den Kopf gegangen waren, fühlte er sich allmählich ein bisschen schläfrig. Als er so auf der Parkbank sass und müde in die warme Nachmittagssonne blinzelte, fielen ihm auf einmal die Augen zu und er schlummerte sanft ein. Während er im Halbschlaf friedlich vor sich hindöste, lösten sich aus seinem Unterbewusstsein ganz sachte längst vergessene Traumbilder, die sich jedoch höchst real anfühlten. Genauer gesagt waren diese als bewusst wahrgenommener Wachtraum verkleideten Erinnerungen auch äusserst real. Dieses Mal wurde Orion von der sich anbahnenden Zeitreise in Form von einem Traum regelrecht überrumpelt und ins Jahr 1888 versetzt. Wie einem unbeteiligten Zuschauer, der sich im Kino einen Film ansieht, wurde ihm sein damaliges Leben im Zeitraffer vor seinem inneren Auge vorgeführt.

In jener Inkarnation war Orion weiblichen Geschlechts und hiess mit bürgerlichem Namen Helena Ivanow. Zunächst beobachtete er voller Erstaunen, wie er seine damalige Kindheit in einem kleinen Dorf in der Nähe von Moskau verbrachte. Oft sass die kleine Helena in ihrer dunklen, trostlosen Kammer auf dem Bett und weinte bitterlich. Denn ihr Vater war sehr ehrgeizig und wollte um jeden Preis eine berühmte Musikerin aus seiner hochbegabten Tochter machen. Dadurch, dachte der Vater insgeheim, konnte er sich selber ein gemütliches Leben einrichten und musste nicht mehr arbeiten. Denn das Leben im damaligen Russland war hart, besonders während der bitterkalten Winterzeit.

Oft wurde die sonst schon eingeschüchterte Helena vom betrunken nach Hause kommenden Vater aus dem Schlaf gezerrt und dazu gezwungen, ihm auf dem Klavier etwas vorzuspielen. Bei diesem Klavier handelte es sich um ein kostbares Erbstück. Es war der einzig wertvolle Gegenstand, den die ansonsten ziemlich arme Familie Ivanow besass.

Demzufolge hatte Helena also schon in ihrer Kindheit einen ständigen Begleiter, der sie wie ein dunkler Schatten verfolgte. Und zwar das bedrückende Gefühl von grenzenloser Verzweiflung, gepaart mit unbeschreiblicher Hoffnungslosigkeit. Das Schicksal schien es nicht gut mit ihr zu meinen. Dennoch lernte Helena schon früh, wie sie diese innere, abgrundtiefe Leere unterdrücken und aus ihrem normalen Alltagsbewusstsein ausblenden konnte. Trotz all dieser familiären Sorgen sprach sich mit der Zeit in der Gegend herum, dass in diesem kleinen Dorf ein musikalisches Wunderkind lebte. Als Helena siebzehn Jahre alt war, starb ihre Mutter an den Folgen einer Krankheit. Weil sie es mit ihrem alkoholsüchtigen und zuweilen auch gewalttätigen Vater nicht mehr aushielt, nahm Helena aus purer Hilflosigkeit den Heiratsantrag von einem jungen Mann an, der aus einer wohlhabenden Familie stammte.

So kam es, dass das Schicksal das hochintelligente, aber zugleich verstörte und traumatisierte Mädchen nach Moskau führte. Aber es war wie verhext, denn Helena gelangte sozusagen vom Regen in die Traufe. Der Umstieg vom einfachen Landleben zum vornehmen Stadtleben in einer reichen Familie bereitete ihr von Anfang an grosse Mühe. Aber sie war es sich ja gewohnt, ihre Gefühle der Verzweiflung und Hoffnungslosigkeit geradezu meisterhaft zu unterdrücken. Ebenso meisterhaft waren jedoch ihre musikalischen Fähigkeiten, dank denen die junge Frau ihre Seelenqual in wunderschöne, melancholische Klavierstücke transformieren und zum Ausdruck bringen konnte. Doch den in Moskau sehr angesehenen Schwiegereltern missfiel das eigenartige Verhalten ihrer rebellischen Schwiegertochter schon bald. Deshalb untersagten sie Helena strikt, mit ihren ausgefallenen, nicht der Norm entsprechenden Kompositionen an die breite Öffentlichkeit zu treten. Denn in diesen Kreisen zählte das angepasste, gegen aussen stets intakte Familienbild mehr, als individuelle Freiheit. Auf gar keinen Fall wollte dieser wohlhabende und scheinbar glückliche Familienclan mit tieftraurigen, teilweise fast schon depressiven Musikstücken in Verbindung gebracht werden.

Schon bald wurden Helena all die Einschränkungen, welche ihr von den gnadenlos autoritären Schwiegereltern auferlegt wurden, zu viel. Als sie zwanzig Jahre alt war, reiste sie unter einem Vorwand nach Wien. Denn damals war Wien das musikalische und kulturelle Zentrum Europas. Insgeheim wusste Helena natürlich, dass sie nie wieder nach Russland zurückkehren würde. Stattdessen hoffte sie, in Österreich ein neues, glückliches Leben beginnen zu können, frei von jeglichen gesellschaftlichen Zwängen. Viel lieber wollte sie in einfachen Verhältnissen wohnen und ihre überschäumende Kreativität nach Herzenslust ausleben, als in den einengenden sozialen Strukturen einer oberflächlichen Gesellschaft vor sich hin zu vegetieren und geistig zu verwelken.

In Wien benannte sich Helena zuerst in Irina um, damit niemand eine Verbindung zu ihrer früheren Existenz in Moskau herstellen konnte, wo sie schon bald als verschollen galt. Insgeheim waren ihre Schwiegereltern sogar froh darüber und präsentierten ihrem verwöhnten Sohn schon bald darauf eine neue, pflegeleichtere Frau. Irina jedenfalls fand dank ihrem aussergewöhnlichen Talent bereits nach kurzer Zeit eine Anstellung in einem professionellen Orchester. Aber auch dort dauerte es nicht lange, bis die altbekannten, nie verarbeiteten Gefühle der trostlosen Hoffnungslosigkeit und düsteren Verzweiflung wieder aufflackerten und sie zu ersticken drohten. Und dies trotz beruflicher Unabhängigkeit in einem fremden Land, wo alles ebenso neu und aufregend war wie ihre eigene Identität.

Allmählich begriff die innerlich schwer zerrissene Irina, dass sie vor ihren eigenen Problemen nicht flüchten konnte, da sie diese offenbar überall hin mitschleppte wie einen schweren Rucksack. Aus diesem Grund beschloss sie wenig später, ihren alten Mädchennamen Helena Ivanow wieder anzunehmen, um sich mit ihrer Vergangenheit endlich auszusöhnen. Von diesem Punkt an ging es langsam, aber sicher aufwärts in ihrem bis anhin schwierigen Leben. Innerhalb von relativ kurzer Zeit konzipierte die knapp fünfundzwanzigjährige Helena ein komplettes Orchesterwerk, das allen bisher bekannten Regeln zuwiderlief und somit neue Massstäbe setzte. Von den einen geliebt, von den anderen verachtet, fand sich die junge Frau plötzlich im Rampenlicht der vornehmen Wiener

Musikszene wieder. Auf einmal war ihr Name in aller Munde, von Wien über Paris – bis hin nach Moskau.

Ihre ehemaligen Schwiegereltern in Moskau versuchten natürlich mit allen Mitteln, sämtliche Informationen über den neuen Star am Musikhimmel so gut es ging zu vertuschen. Dafür wurde, wie es das Schicksal wollte, ein anderer Mann wie vom Blitz getroffen, als er in der Zeitung zufällig einen Artikel über das Wunderkind Helena Ivanow las. Und zwar ihr Vater, der sich mittlerweile als obdachloser Vagabund in den Strassen von Moskau mehr schlecht als recht durchs Leben schlug. Obwohl aus Ivan Ivanow inzwischen ein gebrochener, alter Mann geworden war, plagte ihn innerlich schon seit Jahren ein schlechtes Gewissen. Weil er ahnte, dass ihm auf dieser Erde nicht mehr allzu viel Zeit blieb, wollte er sich vor seinem Ableben unbedingt noch persönlich bei seiner Tochter entschuldigen. Immerhin war er ja zu einem grossen Teil für die verpfuschten Familienverhältnisse verantwortlich gewesen. Das klägliche Versagen als Familienoberhaupt hatte er tief in seinem Inneren jedoch nie wirklich verkraftet. Deshalb war er ja auch auf die schiefe Bahn geraten, was ihn schlussendlich in den Ruin geführt hatte.

Als Ivan in einem Mülleimer zufällig eine weggeworfene Zeitung entdeckte und den Bericht über seine Tochter las, liefen ihm bittere Tränen der Reue die Wangen hinunter. Von diesem Augenblick an war er dermassen vom innigen Wunsch beseelt, wenigstens noch ein einziges Mal seine Tochter zu sehen, dass er sämtliche noch verfügbaren Kräfte in seinem müden Körper mobilisierte. Ohne zu zögern, verkaufte er umgehend sein gesamtes noch verbliebenes Hab und Gut. Das war zwar nicht gerade viel, aber immerhin reichte es aus, um sich ein Ticket für den Zug von Moskau nach Wien zu kaufen.

Knapp zwei Wochen später, an einem frostigen Wintertag, spazierte Helena Ivanow nichts ahnend durch ihre neue Heimat Wien. Eigentlich sollte sie ja rundum glücklich und zufrieden sein, da sie mehr erreicht hatte, als sie sich je zu erträumen gewagt hätte. Trotzdem fühlte sie eine unerklärliche Trauer, die sie allmählich von innen her zu zerfressen drohte. Plötzlich verspürte sie aus heiterem Himmel den starken Impuls, sich auf dem Heimweg die Tageszeitung am Bahnhofskiosk zu kaufen. Exakt in derselben Minute, als sie dort ankam, traf zufälligerweise ein Zug aus Moskau ein. In Gedanken versunken beobachtete Helena aus einiger Entfernung, wie all die Menschen ihrer ehemaligen Heimat Russland erwartungsvoll aus dem Zug stiegen. Bei diesem Anblick wurde sie ganz plötzlich von einer heftigen Gefühlswallung ergriffen, die sich auf eine verzerrte, geradezu entstellte Art und Weise wie Heimweh anfühlte. Weil sie solche sentimentalen Gefühle nicht ertragen konnte, machte sie sofort auf dem Absatz kehrt und wollte den Bahnhof so schnell wie möglich verlassen.

Während sich Helena fluchtartig einen Weg durch die Menschenmenge bahnte, passierte jedoch etwas Schicksalhaftes. Obwohl sie innerlich mit aller Kraft gegen die plötzlich hochkommenden, jahrelang verdrängten Erinnerungen aus ihrer Kindheit ankämpfte, wurde sie derart von einer Welle aus angestauten Emotionen überrollt, dass ihr regelrecht schwindlig wurde. In diesem desolaten Zustand nahm Helena die Umwelt einen Moment lang nur noch verschwommen wahr. Der ganze Alltagslärm verschmolz, zusammen mit dem hypnotischen Stimmengewirr der Menschenmasse, zu einer unerträglichen Geräuschkulisse. Benommen wankte Helena noch ein paar Schritte durch die düstere, eiskalte Bahnhofshalle, ehe sie in einer dunklen Ecke mit verdrehten Augen zusammensackte.

Genau in diesem Augenblick schlurfte rein zufällig ein älterer Mann aus der Bahnhofstoilette, wo er sich nach der langen Zugreise gerade ein wenig frisch gemacht hatte. Als er die junge Dame bewusstlos auf dem harten Steinboden liegen sah, kniete er ohne zu zögern besorgt neben ihr nieder, um ihr erste Hilfe zu leisten. Natürlich konnte er als medizinischer Laie nicht wissen, dass sie soeben einen Nervenzusammenbruch erlitten hatte. Während ihr der selbstlose Mann etwas kühles Wasser aus seiner Feldflasche auf die Stirn träufelte, entdeckte er etwas äusserst Sonderbares. Um den Hals der vermeintlich fremden Frau hing eine silberne Kette mit exakt demselben seltenen Anhänger, den seine verstorbene Ehefrau früher als Glücksbringer zu tragen pflegte. Nun wurde plötzlich auch der edle Retter von eigenartigen Erinnerungen gepackt, die er eigentlich schon vor vielen Jahren aus seinem Gedächtnis verbannt hatte.

Mit zitternden Händen nahm er das silberne Amulett zwischen die Finger, um es etwas genauer zu betrachten. Als der Mann auf der Rückseite des Anhängers tatsächlich die Initialen seiner ehemaligen Frau erblickte, traf ihn fast der Schlag. Denn natürlich wusste er sehr wohl, dass seine Frau diesen russischen

Glücksbringer kurz vor ihrem Tod an ihre einzige Tochter verschenkt hatte. Aber noch ehe er überhaupt richtig begreifen konnte, was da gerade vor sich ging, überschlugen sich die Ereignisse.

«He, seht alle her. Dieser Penner da beklaut gerade eine ohnmächtige Frau», rief ein entrüsteter Passant in voller Lautstärke. «Das ist ja unerhört. Polizei, verhaftet diesen Schurken.»

Es dauerte nicht lange, bis sich eine Menschentraube aus neugierigen Gaffern um die beiden Personen herum gebildet hatte. Helena war inzwischen zwar wieder bei vollem Bewusstsein, aber sie realisierte trotzdem nicht richtig, was da genau vor sich ging. Doch für eine kurze – und gleichzeitig endlos lange – Sekunde schaute sie tief in die Augen des Mannes, der sich mit väterlicher Zuneigung und Tränen überströmtem Gesicht über sie gebeugt hatte. Abermals schluckte er leer, bis ihm schliesslich ein heiseres: «Helena, mein Engel. Ich ... es tut mir alles so leid», über die Lippen kam.

Instinktiv wusste Helena sofort, dass es sich bei diesem heruntergekommenen Mann um ihren Vater handelte.

«Papa», flüsterte sie, ebenfalls mit Tränen in den Augen, «es ist alles gut. Der Glücksbringer von Mama hat mir tatsächlich ...»

Doch genau in diesem einzigartigen Moment der Versöhnung erschienen zwei uniformierte Polizisten mit Gummiknüppeln, packten den vermeintlichen Dieb und zerrten ihn grob von ihr weg. Helena wollte sie davon abhalten, aber sie hatte schlichtweg keine Kraft dazu. Der Vater, der ebenfalls unter einer Art

Schockstarre stand, liess sich widerstandslos festnehmen. Und das, obwohl er ja gar nichts Böses getan hatte, sondern eigentlich bloss helfen wollte. Während die Polizisten ihn abführten und Helena verzweifelt versuchte, sich aufzurappeln, trafen sich ihre Blicke noch ein allerletztes Mal. Diese tragische Szene am Wiener Bahnhof war zugleich auch das letzte Mal, wo sich ihre Wege in jenem Leben kreuzten. Denn kurz darauf verstarb der Vater in einem Gefängnis in Wien.

Helena lebte zwar noch viele turbulente Jahre weiter, aber diese intensiven Gefühle aus Verzweiflung, Trauer und Hoffnungslosigkeit brannten sich für immer tief in ihre Seele ein. So tief, dass sie selbst im nächsten Leben als Orion noch schwer mit diesem alten Ballast zu kämpfen hatte. Und eben dieses Leben fand genau jetzt statt, diesmal jedoch in einer männlichen Körperhülle.

Mit dieser überwältigenden Erkenntnis erwachte Orion aus diesem ziemlich lebhaften Tagtraum. Oder anders ausgedrückt, sein Bewusstsein fokussierte sich nach dieser mentalen Zeitreise wieder in der aktuellen Gegenwart. Das Erste, was ihm sofort auffiel, war, dass er sich innerlich plötzlich unheimlich viel leichter und gelöster fühlte. Natürlich war ihm auch klar, weshalb. Denn dank dem erneuten Erleben seiner eigenen Vergangenheit war es ihm nun endlich gelungen, alle verdrängten Gefühle aus jener Zeit bewusst anzunehmen und dadurch endgültig zu verarbeiten. All die dunklen Blockaden, die sich vor langer Zeit in verborgenen Schichten seiner Aura festgesetzt hatten, waren nun wie durch Zauberhand aufgelöst worden.

Als wäre dies nicht alles schon wundersam genug gewesen, gab es da zusätzlich noch etwas anderes, an das sich Orion plötzlich wieder erinnern konnte. Und zwar seine enorme musikalische Begabung, die bereits seit vielen Leben im Zellgedächtnis seines Unterbewusstseins abgespeichert war. Doch weil er wegen dieser Gabe bereits in früheren Inkarnationen ständig verfolgt und bedroht worden war oder sonstige schlechte Erfahrungen gemacht hatte, war Orion diesbezüglich auch in diesem Leben negativ programmiert. Tief in seiner Seele herrschte nämlich nach wie vor die unbewusste Überzeugung, dass Erfolg automatisch alle möglichen negativen Begleiterscheinungen mit sich bringe. Aber nun, da all diese einschränkenden Programmierungen ein für alle Mal aus seinem Unterbewusstsein gelöscht waren, konnte er buchstäblich ein neues, angstfreies Leben beginnen. Vor seinem inneren Auge sah Orion klar und deutlich, wie sich ihm die nächste Weggabelung mit völlig neuen Möglichkeiten eröffnete. Endlich war er wieder auf Kurs, so dass sich sein Seelenplan doch noch wie vorgesehen auf perfekte Weise erfüllen konnte.

Voller Elan und bis in die Haarspitzen motiviert sprang Orion auf und stiess vor Freude einen lauten Jubelschrei aus. Eben noch war er zu Tode betrübt gewesen, und nun fühlte er sich auf einmal so quicklebendig, als hätte ihm der liebe Gott höchstpersönlich eine Eintrittskarte für den Himmel in die Hand gedrückt. Wie auch immer, auf jeden Fall war Orion nun fest entschlossen, die Welt mit allen Kräften zum Besseren zu verändern – angefangen bei seiner eigenen, kleinen Welt. Denn etwas war ihm mittlerweile sonnenklar geworden: Sogenannte Wunder ereigneten sich ständig und überall. Man brauchte bloss mit offenen Augen, wachem Bewusstsein und reinen Absichten durch das Leben zu gehen, damit man diese Geschenke auch als solche erkennen konnte.

# Das Ende der grossen Illusion

Während den nächsten paar Wochen fühlte sich Orion aus irgendwelchen Gründen dermassen inspiriert, dass er vor lauter Kreativität fast den Verstand verlor. Seitdem er sich angewöhnt hatte, die alltäglichen Dinge des Lebens, selbst wenn sie ihm noch so belanglos erschienen, aus einer übergeordneten Sicht zu betrachten, sprudelten die Ideen seltsamerweise nur so aus ihm heraus. Denn allein schon dadurch, dass er nun nicht mehr abgetrennt von der bewussten Verbindung zur Gesamtheit lebte, war er auf geheimnisvolle Weise viel tiefer in die verborgenen Schöpfungsgeheimnisse vorgedrungen.

Wie jedes andere menschliche Wesen, war auch Orion lange Zeit in der trügerischen Welt der grossen Illusion gewandert, in die er einst hinein geschleudert wurde. So war auch er über viele Leben hinweg ein Gefangener in diesem trostlosen Hamsterrad gewesen, in welchem die Menschen den fünf Sinnen des materiellen Körpers weitgehend unterworfen sind. Aber jetzt begann sich dieser nebelhafte Schleier immer mehr aufzulösen und eröffnete ihm sozusagen den ungetrübten Blick auf die wahre planetarische Evolution der Menschheit. Orion hatte nun eine Bewusstseinsstufe erreicht, die es ihm erlaubte, sich von dieser aus der niederen Astralebene vorgetäuschten Illusion, genannt Leben, endgültig zu befreien.

Die Erkenntnis dieser höherdimensionalen Zusammenhänge versuchte er nun irgendwie in simple irdische Musiknoten zu pressen und rein gefühlsmässig so etwas wie eine majestätische *Symphonie der Schönheit* zu komponieren. Natürlich war sich Orion vollkommen bewusst, dass dieses Unterfangen extrem schwierig werden würde. Aber allen Widerständen zum Trotz hatte er gegenüber anderen Musikern einen gewaltigen Vorteil. Er konnte sich nämlich an seine früheren Leben erinnern, in denen er dieses grosse Werk bereits mehrfach begonnen hatte. Aber mittlerweile hatte Orion ja einen bestimmten Grad in seinem individuellen Erleuchtungsprozess erreicht, der ihm erlaubte, seine eigene Schöpfung nach so langer Zeit endlich zu vollenden. Im Prinzip war es mehr oder weniger immer noch dieselbe Grundidee, die Orion bereits in seinen früheren Leben als Ambroise Moreau oder Helena Ivanow verfolgt hatte. Und eben dieses unfassbare Projekt, dieses grosse Werk, nahm jetzt von Tag zu Tag immer definitivere Formen an.

Viele Nächte lang sass Orion, wie einst Ambroise Moreau, in seinem Zimmer und brütete völlig in sich versunken über seinem geliebten Musikstück. Das uralte Konzept, bestimmte Planetentöne gemäss dem Gesetz der kosmischen Oktave in den für menschliche Ohren hörbaren Bereich zu übersetzen, liess ihn einfach nicht mehr los. Natürlich wusste Orion bereits, dass jeder einzelne dieser Töne im sogenannten Planetenklangsystem jeweils andere Bereiche im menschlichen Körper sowie in der Psyche beeinflusste. So kristallisierte sich langsam, aber sicher eine multidimensionale, zauberhafte Symphonie aus den tiefsten Schichten seines Unterbewusstseins heraus, wo diese Idee über so viele Jahrhunderte hinweg still und geduldig vor sich hingeschlummert hatte.

Während einer dieser arbeitsintensiven Nächte, es war eine helle Vollmondnacht, passierte einmal mehr etwas Aussergewöhnliches. Als Orion gerade hochkonzentriert daran tüftelte, wie er durch bestimmte Klangbilder die Neutronenstruktur des menschlichen Gehirns zum Positiven verändern konnte, sackte sein Kopf auf einmal völlig erschöpft auf die Tischplatte seines Schreibpultes. Die ungesunde Kombination aus zu viel Arbeit und zu wenig Schlaf förderte nun ihren Tribut. Mitten im Komponieren döste der überforderte Lebenskünstler ein und fiel von einer Sekunde auf die andere in einen süssen Schlummer. Doch auch dieses Mal, wie sollte es auch anders sein, schlief lediglich seine körperliche Hülle. Sein Geist hingegen war nämlich hellwach und begab sich umgehend auf astrale Wanderschaft in ferne Welten. Diesmal ging die Reise weit zurück in eine undefinierbare Zeitepoche, die irgendwo verborgen in den geheimnisvollen Nebeln der Vergangenheit eingehüllt war.

Auf jeden Fall fand sich Orion an einem Ort wieder, den er ganz unmissverständlich als Stonehenge im Südwesten von England identifizierte. Etwas an dieser Geschichte kam ihm jedoch ziemlich merkwürdig vor. Denn anstelle der üblichen paar Steinklötze, wie er es von Bildern aus seinem gegenwärtigen Leben kannte, befand sich dort eine riesige Tempelanlage, die sich über eine weite Fläche erstreckte.

Der allseits bekannte Steinkreis stellte bloss das winzige Zentrum dieser wundervollen Stadt dar, deren Schönheit jegliche Vorstellungskraft sprengte. Während sich Orion erstaunt umschaute, vernahm er plötzlich eine vertraute Stimme.

«Hallo Orion, mein lieber Freund», hörte er jemanden sagen. «So sieht man sich wieder. Das Universum
ist klein, nicht wahr? Und diese Welt ist noch unendlich viel kleiner.»

Wie elektrisiert drehte sich Orion um, sein Herz
hüpfte vor Freude. Denn natürlich hatte er den wohlig warmen Klang dieser weiblichen Stimme sofort erkannt.

«Dana, meine kosmische Reisebegleiterin von den
Plejaden», jauchzte er überglücklich. «Na, das nenne
ich aber mal eine gelungene Überraschung. Ehrlich
gesagt, hätte ich nie damit gerechnet, dass wir uns jemals wiedersehen.»

«Tja, sag niemals nie», schmunzelte die anmutige
Plejaderin verschmitzt. «Aber wie dem auch sei. Natürlich sind wir beide auch diesmal nicht zum reinen
Vergnügen hierher gesandt worden. Dieser nette kleine Ausflug ist wie üblich mit einer weiteren Aufgabe
verknüpft. Lass uns ein bisschen spazieren, unterwegs
werde ich dir alles in Ruhe erklären.»

Gespannt folgte Orion seiner bezaubernden, in-
tergalaktischen Lehrerin, während er sie mit Fragen
förmlich bombardierte.

«Wer hat diese beeindruckende Stadt eigentlich erbaut? Und weshalb ist heute nur noch ein vergleichs-
weise winzig kleiner Steinkreis von Stonehenge übrig?
Was war der genaue Sinn dieser Anlage?»

«Eines nach dem anderen», lachte Dana fröhlich.
«Du scheinst ja fast zu platzen vor lauter Neugier.
Zunächst einmal wurde dieser mystische Ort hier na-
türlich nicht von einheimischen Viehzüchtern oder

Hirten aufgebaut, sondern von technisch weit fortgeschrittenen Vertretern von anderen Völkern.»

«Du meinst Ausserirdische, nicht wahr?»

«Ganz genau», fuhr Dana gemächlich fort, «ich spreche von Reisenden, die von weit her kamen. Zum Beispiel von der Venus, dem Sirius oder eben von den Plejaden, so wie ich. Wie viele andere mysteriöse Kultstätten, die überall auf der Welt verstreut liegen, diente auch dieser Ort hier als eine Art intergalaktischer Treffpunkt für Ausserirdische. Überall dort, wo die erdmagnetischen Bedingungen optimal sind, haben wir unsere Zentren erbaut. Einerseits, um wie gesagt, unsere universellen Konferenzen abzuhalten. Andererseits aber auch, um die einheimischen Ureinwohner zu unterrichten. Wobei der Ausdruck Ureinwohner jetzt überhaupt nicht wertend gemeint ist.»

«Dann stimmt also die Theorie, dass Wesen von fremden Planeten der Erdbevölkerung Nachhilfestunden in Sachen Astronomie gegeben haben?», wollte Orion wissen.

«Ja, das stimmt tatsächlich», erklärte Dana munter, «und da wir den damaligen, naturverbundenen Völkern ja relativ schlecht etwas über interstellare Raumfahrt erzählen konnten, sind wir später einfach *als fliegende Götter, die vom Himmel kamen*, in die Geschichte vieler Kulturen eingegangen. Mit der Zeit ist es uns dann wie geplant gelungen, einigen aufgeschlossenen Menschen einen Teil unseres Wissens weiterzugeben. Diese weisen Männer und Frauen nannte man im Volksmund dann Druiden, Magier oder Schamanen. Aber nach der unfassbaren Katastrophe von Atlantis waren auch die meisten von den ausserirdischen Niederlassungen auf der Erde dem Untergang geweiht.»

Die beiden blieben kurz vor einer abstrakt anmutenden Skulptur stehen, aber Orion wollte den Redefluss von Dana jetzt nicht mit zusätzlichen Fragen zu anderen Themen unterbrechen. Nach einer Weile fuhr sie schliesslich mit ihren hochinteressanten Erläuterungen fort.

«Wo war ich stehen geblieben? Ach ja … nach der endgültigen Zerstörung von Atlantis zogen sich sämtliche nicht irdischen Baumeister und Lehrer von diesem Planeten zurück. Was anschliessend folgte, ist leider ein ziemlich dunkles Kapitel in der Menschheitsgeschichte. Alles, was einst gut, schön und edel gewesen war, wurde nun auf perverse Art ins Gegenteil verkehrt. Anstelle der höher entwickelten, lichtvollen Lehrmeister aus dem All gab es nun plötzlich eine regelrechte Invasion von niederen Wesen, die von überall her kamen. Den Einfluss, den diese Kreaturen auf die Menschen ausübten, kennen wir ja alle zur Genüge. Die unersättliche Gier führte die in die Irre geführte Menschheit schliesslich immer näher an den Abgrund und hätte diesen wunderschönen Planeten beinahe komplett ausgelöscht.

Aber jetzt, sozusagen in allerletzter Sekunde, hat sich das Blatt glücklicherweise doch noch gewendet. Das Bewusstsein der Menschen steigt kontinuierlich an. Wobei, von einer höheren Ebene aus gesehen, gehört das natürlich alles zum unermesslichen, göttlichen Plan. Über den nicht mit Worten zu beschreibenden Schöpfungsplan zu sprechen, ist jedoch sowieso absurd, da er den begrenzten Verstand von sämtlichen existierenden Lebensformen bei Weitem übersteigt. Wir können höchstens einige Bruchstücke davon wahrnehmen und daraus Mutmassungen anstellen. Selbst der unvorstellbar grosse Zyklus eines Weltzeitalters bedeutet für den kosmischen Architekten im Hintergrund nichts weiter als einen Wimpernschlag.»

«Und die hart auf die Probe gestellte Menschheit, die durch all diese ungeheuren Dramen und Katastrophen völlig zerrissen und verwirrt ist, vegetiert trotzdem immer noch im Dämmerschlaf vor sich hin, als wäre nichts gewesen», fügte Orion abschliessend hinzu.

«Ja, aber das wird sich schon sehr bald ändern», prophezeite Dana mit erhobenem Zeigefinger. «Zunächst werden wir jedoch ein kleines Schlussgespräch abhalten.»

«Ein ... Schlussgespräch? Heisst das etwa, dass es keine weiteren Abenteuer mehr geben wird?»

Doch genau in diesem Augenblick erreichten die beiden Spaziergänger den zentralen Bereich, sozusagen den innersten Kreis der Stadt. Dabei handelte es sich um den bis in die heutige Zeit erhaltenen Kreis aus tonnenschweren Steinen, sogenannten Monolithen. Dort stand bereits gütig lächelnd und mit ausgebreiteten Armen ein Mann, der Orion von irgendwoher bekannt vorkam.

«Sardonyx?», murmelte er unsicher. «Der grosse Weise aus Atlantis?»

«Jawohl, mein lieber Erdenschüler», begrüsste er Orion strahlend. «Na, wie fühlst du dich, nach all diesen verrückten Abenteuern, die du in letzter Zeit erlebt hast?»

«Och, eigentlich ganz gut», kam die trockene Antwort. «Das Problem ist nur, dass ich vor lauter multidimensionalen Dingen allmählich nicht mehr so gut zurechtkomme in der normalen, alltäglichen Welt.»

«Das spielt jetzt auch keine so grosse Rolle mehr», beruhigte ihn Sardonyx, «denn du hast deine irdische Laufbahn, bestehend aus unzähligen menschlichen Leben, sowieso bald abgeschlossen. Die grosse Illusion des gewaltigen Erdentraumes neigt sich langsam, aber sicher dem Ende zu.»

«Aha, jetzt verstehe ich. Deshalb also das Schlussgespräch», kombinierte Orion. «Muss ich zuerst noch eine schriftliche Kündigung schreiben, damit ich die irdische Lebensschule offiziell beenden darf?»

«Nein, für die absolvierte Grundschule braucht es zum Glück noch keine Formalitäten», lachte Sardonyx schelmisch. «In ein paar Jahrtausenden, wenn du die nächste Stufe deiner persönlichen Evolution erreicht hast, sehen wir dann weiter.»

Darauf setzten sich Dana, Orion und Sardonyx auf den angenehm weichen Grasboden, im Schatten der mächtigen Steine. Die monumentalen Steinblöcke von Stonehenge sorgten zugleich dafür, dass die drei in geschütztem Rahmen in aller Ruhe miteinander reden konnten.

«Wie du siehst, hast du es also doch noch geschafft, dich von allen weltlichen Verstrickungen zu lösen und im Einklang mit dem universellen Plan zu arbeiten», eröffnete Sardonyx das Gespräch ganz ungezwungen. «Aus diesem Grund ist es uns ein weiteres Mal erlaubt, dir ein Geschenk zu überreichen. Dabei handelt es sich um das fehlende Puzzleteil, nach dem du so lange Zeit gesucht hast.»

Orion schaute den erleuchteten Meister mit grossen Augen an.

«Ein Geschenk? Jetzt hast du mich aber echt neugierig gemacht.»

Sardonyx zwinkerte Dana unauffällig zu, worauf sie ein buntes Paket hervorkramte, das sie Orion feierlich überreichte.

«Wow, cool. Darf ich es öffnen?», fragte er aufgeregt.

«Aber klar doch», erwiderte Dana charmant wie immer. «Dann kann ich dir auch gleich erklären, woher diese Gegenstände stammen. Nur für den Fall, dass du dich nicht selber daran erinnern kannst.»

Sardonyx hielt ebenfalls den Daumen nach oben.

«Nur zu, mein Junge», schmunzelte er mit gütigem Gesichtsausdruck.

Mit dieser Erlaubnis machte sich Orion sogleich über das Geschenk her und packte es an Ort und Stelle aus. Leicht irritiert schaute er die drei Dinge an, die sich darin befanden. Eine uralte Pergamentrolle, ein Stapel leicht vergilbter Notenblätter sowie eine Smaragdtafel mit eigenartigen Symbolen drauf.

«Ähem, ich denke, dass ich dazu wohl doch eine kurze Erklärung bräuchte», gab er offen zu, da ihm diese ungewöhnlichen Gegenstände im ersten Moment nicht wirklich bekannt vorkamen.

Sardonyx räusperte sich kurz, dann erklärte er in feierlichem Tonfall: «Bei diesen Dokumenten handelt es sich um verschollene Notenblätter, die zusammen eine wunderschöne Symphonie ergeben. Du selber hast sie im Verlauf von deinem langen, irdischen

Inkarnationszyklus erschaffen. Weil diese teilweise unfertigen Notizen auf der physischen Erde nicht mehr vorhanden sind, haben wir in weiser Voraussicht ein Duplikat von allem aufbewahrt. Mit diesem Schlüssel wird es dir noch in deinem gegenwärtigen Leben gelingen, dein ganz persönliches Meisterwerk endlich fertig zu stellen. In Kombination mit deinen aktuellen Studien wirst du ein zeitloses Stück Musik erschaffen, das auf dem erhabenen Planetenklangsystem basiert. Die Menschen werden grossen Nutzen daraus ziehen, das darf ich dir schon mal verraten.»

Orion blickte seine beiden himmlischen Freunde sprachlos an. Nach einer kurzen Pause ergriff Dana schliesslich das Wort.

«Ich gebe dir noch ein paar weitere Hinweise zu den einzelnen Gegenständen, sozusagen als Erinnerungsstütze.»

Zuerst zeigte sie auf den Stapel mit den altmodischen Notenblättern, die allesamt in russischer Sprache beschriftet waren.

«Alle diese Melodien hier hast du eigenhändig verfasst, und zwar in deinem letzten Leben als Helena Ivanow.»

Anschliessend tippte Dana mit dem Zeigefinger auf die uralte, mit verschnörkelter Tintenschrift vollgekritzelte Pergamentrolle.

«Erinnerst du dich an deine kürzlich unternommene, mentale Zeitreise, bei der du dich selber in einer früheren Inkarnation besucht hast? Ich spreche von deinem grossen musikalischen Werk, an dem du als Ambroise Moreau in Frankreich viele Jahre lang gearbeitet hast. Das Original wurde damals übrigens verbrannt von den hoffnungslos verblendeten Kirchenherren.»

Zu guter Letzt klärte sie Orion über die geheimnisvolle Tafel aus herrlich schimmerndem Smaragd auf.

«Tja, und vor ganz langer Zeit», fuhr Dana fort, «da hatte man, wie du siehst, noch wahrhaftig edle Notenblätter. Und zwar spreche ich von jener Zeit, in der Atlantis in voller Blüte stand und jegliche Form von Kunst von den damaligen Menschen hoch geschätzt wurde. Das Original dieser Smaragdtafel ist ebenfalls seit vielen Jahrtausenden verschwunden. Es liegt irgendwo auf dem Meeresgrund, seitdem Atlantis versunken ist. Die Symbole hier musst du allerdings schon selber entschlüsseln. Aber auch das wird dir gelingen, denn schliesslich hast du sie ja selber erfunden. Damals, als du einer der wenigen, magiekundigen Klangzauberer auf dem atlantischen Kontinent warst.»

Orion begutachtete die Geschenke voller Ehrfurcht. Es schauderte ihn immer noch jedes Mal, wenn er die Erfahrung machte, wie ungeheuer perfekt selbst jedes noch so kleinste Detail im Universum geregelt war. Für ihn bestand sowieso schon lange kein Zweifel mehr daran, dass alles im gesamten Weltall lebendig und beseelt war. Und diese hierarchische Struktur existierte von den dunkelsten Regionen bis hinauf in die lichtesten Sphären.

«Das ist ja wirklich der helle Wahnsinn, Leute», sagte er schliesslich etwas unbeholfen. «Ich weiss gar nicht, wie ich euch danken soll. Jedenfalls habe ich jetzt eigentlich nur noch einen einzigen Wunsch, der mein gegenwärtiges Leben betrifft. Nämlich, auf schnellstem Weg nach Hause zu gehen und mit meinen neuen Spielzeugen zu spielen. Sprich, die überirdisch magische *Symphonie der Seelenwanderung,* oder wie auch immer sie dann heissen wird, endlich fertigzustellen. Den Schlüssel dazu habt ihr mir freundlicherweise ja soeben überreicht. Oder gibt es noch andere Punkte auf der Traktandenliste, die abgehakt werden müssen?»

Sardonyx fuhr sich mit einer Hand durch seinen flauschigen Bart, während er kurz überlegte. Nach einer Weile verkündete er schliesslich mit leiser, aber dennoch kräftiger Stimme: «Dazu möchte ich dir eine kleine Geschichte erzählen, die deine Frage automatisch beantworten wird. Also ... es war einmal eine unscheinbare Raupe, die lebte in einem sehr engen und vor allem dunklen Kokon. Doch eines Tages, nach einer für die Raupe unermesslich langen Zeitspanne, vollzog sich plötzlich eine Metamorphose. Und zwar verwandelte sich die Raupe auf äusserst wundersame Art und Weise in einen wunderschönen Schmetterling. Glücklich über seine neu gewonnene Freiheit flatterte der Schmetterling davon und verkündete überall, wie herrlich das Leben doch sei. Denn dieses kluge Kerlchen hatte die grosse Illusion durchschaut, die ihn einst glauben liess, dass er bloss eine unbedeutende kleine Raupe in einem trostlosen Gefängnis war. Aber in Wirklichkeit stellte dieses dumpfe Stadium der Unbewusstheit, in dem die Raupe während so langer Zeit in ihrer eigenen Welt gefangen war, natürlich bloss ein notwendiger Reifeprozess dar. Ohne Raupe kein Schmetterling. Ohne Mensch keine erleuchteten Lichtwesen. Verstehst du?»

«Oh ja, ich habe verstanden», antwortete Orion.

«Diese Analogie ist wirklich sehr treffend. Auch ich habe mich lange Zeit als Raupe gefühlt. Gefangen in einer bedrohlichen, düsteren Welt. Abgeschnitten von der Wissensquelle des Lebens und buchstäblich von allen guten Geistern verlassen. Doch in relativ kurzer Zeit ist dieser enge Kokon immer weiter aufgebrochen und ich durfte mit jedem Abenteuer ein bisschen mehr vom Gesamtbild der Schöpfung erhaschen. Da, wo früher bloss zermürbende Dunkelheit war, herrschen jetzt wie durch ein Wunder plötzlich lichtvolle, positive Verhältnisse.»

Von einem plötzlichen Impuls durchflutet, sprang Dana spontan auf und umarmte ihren Schützling innig.

«Ach Orion, ich freue mich ja so sehr für dich», hauchte sie ihm liebevoll ins Ohr. «Aber bevor du jetzt gleich wie ein Schmetterling davon fliegst, um dein grosses musikalisches Werk zu vollenden, möchte ich dich noch ganz kurz jemandem vorstellen.»

«Sehr gerne, liebste Dana», erwiderte Orion schmunzelnd, «aber eine Frage hätte ich trotzdem noch. Bin ich jetzt eigentlich von der unqualifizierten Raupe zum offiziell anerkannten Menschen oder vom materiell zertifizierten Menschen zum inoffiziell diplomierten Schmetterling aufgestiegen?»

«Wer weiss, vielleicht beides», lachte Sardonyx herzlich. «Aber das ist auf jeden Fall immer noch besser, als ein Abstieg von der diskreditierten Menschenraupe zum disqualifizierten Raupenmensch mit undiplomatischen Schmetterlingen im Bauch, oder?»

«Äh, ja ... wie auch immer», stimmte Orion in das heitere Gelächter ein, «es sei denn, dass eine qualitativ vermenschlichte Raupe zum quantitativ geflügelten Diplomaten ...»

«... okay Jungs. Ich glaube, das reicht jetzt», unterbrach Dana die beiden Spassvögel sanft, «sonst hören eure abstrakt akrobatischen Wortspielereien ja nie mehr auf.»

Inzwischen hatte sie nämlich den eben angekündigten Spezialgast geholt. Dann nahm ihr Gesicht plötzlich ernsthaftere Züge an.

«Hör zu, Orion. Bevor wir dich in deine dreidimensionale Welt zurückbringen, gibt es da allerdings noch eine Sache zu erledigen. Um es mit einem Wort zu sagen: Vergebung.»

«Aber wem um Himmels willen soll ich denn vergeben?», fragte Orion verwundert.

«Ich hege doch niemandem gegenüber irgendwelche Hassgefühle oder sonst etwas in der Art.»

«In deinem Tagesbewusstsein zwar nicht», erklärte Dana, «aber in deinem Unterbewusstsein schon. Da musst du zuerst noch eine tief verwurzelte Schicht auflösen, ehe du deinen Seelenweg in höhere Gefilde fortsetzen kannst. Und genau aus diesem Grund ist auch unser Gast hier ... nennen wir ihn doch einfach Meggido. Aber im Prinzip spielen Namen hier in diesem Reich sowieso keine Rolle.»

Darauf winkte sie den Gast, der artig hinter einem der Riesensteine gewartet hatte, heran. Auf dieses Zeichen hin trat ein grosser, bulliger Mann hervor, der eine erschreckend düstere Ausstrahlung hatte. Bei diesem Anblick zog sich bei Orion gleich alles zusammen und er nahm rein instinktiv eine schützende Abwehrhaltung ein.

«Scheisse, wer zum Henker ist DAS denn?», war sein erster Gedanke. «So ein grimmiger Typ ist hier ja komplett fehl am Platz.»

Auf einer bestimmten, tief verborgenen Ebene jedoch kam ihm dieser äusserst unsympathische Kerl irgendwie bekannt vor.

«Hallo, ich bin Meggido», brummelte der merkwürdige Gast mit monotoner, tiefer Stimme. Dann glotzte er Orion stumm an, so als würde er jetzt irgendeine Erklärung oder eine Entschuldigung von ihm erwarten.

Die gewünschte Erklärung lieferte jedoch wieder einmal der weise Sardonyx.

«Meggido war in vielen Leben gewissermassen dein Gegenspieler», klärte er den leicht verwirrten Orion auf. «Du hast unter anderem Bekanntschaft mit ihm gemacht im Jahre 1752, als er sich Lord Erebos nannte und das Original dieser Pergamentrolle hier verbrannte.»

Dabei zeigte er mit dem Finger auf das Geschenk, welches Orion soeben erhalten hatte. Anschliessend fuhr Sardonyx mit ruhiger Stimme fort: «Ausserdem war Meggido auch einer der Bösewichte auf dem Sklavenplaneten, den du kürzlich besucht hast. Aber auch du warst natürlich nicht immer ein Engel in all deinen verschiedenen Leben. Kurz gesagt, ihr beide habt euch im sogenannten Täter- und Opferspiel oftmals abgewechselt und gegenseitig ganz schön auf Trab gehalten. Wobei Meggido in den meisten Fällen derjenige war, der dir das Leben schwer gemacht hat. Und diese Rolle hat er vorzüglich gespielt, das muss man ihm lassen.»

Sardonyx gab Orion einen Augenblick Zeit, um diese in der Tat gewöhnungsbedürftige Information zu verarbeiten. Jetzt war Orion auch klar, weshalb er diesen eigenartigen Typ auf Anhieb nicht leiden konnte. Denn auf der Seelenebene, wo alle Erfahrungen aus sämtlichen Erdenleben abgespeichert sind, wurde bei jeder erneuten Begegnung mit seinem ewigen Widersacher jedes Mal sofort eine Art Warnsignal aktiviert. Nachdem sich die Wogen etwas geglättet hatten, erzählte Sardonyx gelassen weiter.

«Wie du weisst, mein liebes Sternenkind, wirken hinter der Materie die ewig gültigen, geistigen Gesetzmässigkeiten. Im Gegensatz zu dir hat Meggido noch einen langen irdischen Weg mit vielen Inkarnationen vor sich. Seine Seele befindet sich immer noch im Dämmerschlaf, also auf dem Irrweg. Deshalb wurde er auch erst vor Kurzem durch den Tod von der Erdoberfläche geholt. Diese Schutzmassnahme ist manchmal leider unausweichlich, damit sich eine Seele nicht noch weiter in irdische Angelegenheiten verstrickt oder sich gar vom verführenden Sog in die dunklen Ebenen hinunterziehen lässt. Meggido wird sich später übrigens nicht mehr bewusst an dieses Treffen erinnern können. Für ihn ist das alles bloss so etwas wie ein verschwommener Traum.»

«Okay, das habe ich ja alles einigermassen kapiert», erwiderte Orion gefasst. «Aber was soll ich jetzt tun? Diesem widerlichen Kerl da um den Hals fallen und mich für Dinge entschuldigen, an die ich mich gar nicht mehr erinnern kann?»

«Nein, darum geht es nicht», übernahm Dana wieder das Wort. «Sondern darum, dass ihr hier und jetzt sämtliche karmischen, beziehungsweise energetischen Verbindungen auflöst, die noch zwischen euch bestehen. Erst dann wirst du vollständig frei sein.»

«Na schön ... gibt es dazu eine Anleitung?»

«Nein, leider nicht», meinte Dana besänftigend. «Aber glaube mir, sich von unerwünschten Personen oder Dingen zu lösen, ist wirklich sehr einfach. Dazu braucht man keine Anleitung. Das Einzige, was du tun musst, ist, deinem Erzfeind zu vergeben. Und dann musst du natürlich auch dir selber für alles Unrecht vergeben, dass du jemals in dieser Welt angestellt hast. Nur so können alte Schuldgefühle ein für alle Mal aufgelöst und transformiert werden.»

«Hmmh, das tönt zwar alles ziemlich einleuchtend», murmelte Orion nachdenklich, «aber in der Realität ist es vermutlich einfacher, einen Krieg zu führen, als einem sogenannten Feind direkt in die Augen zu schauen und sich aufrichtig für sein eigenes, fehlerhaftes Verhalten zu entschuldigen.»

«Das ist leider so», gab ihm Dana Recht, «aber es zeugt von ungeheurer innerer Grösse. Unzählige Kriege hätten allein dadurch verhindert werden können, wenn es gewisse stolze Männer geschafft hätten, über ihren eigenen Schatten zu springen. Aber auch wenn viele Leute das noch immer nicht können – DU kannst das auf jeden Fall.»

«Na gut, wenn du meinst», brummelte Orion leise vor sich hin, «dann wollen wir mal.»

Schliesslich gab er sich innerlich einen Ruck und ging geradewegs auf Meggido, seinen ewigen Widersacher, zu. Als er ihm Auge um Auge gegenüberstand, streckte er ihm versöhnlich die Hand entgegen.

«Okay, Meggi... oder wie auch immer dein Name lautet», begann Orion etwas zögerlich. «In Insiderkreisen wird gemunkelt, dass du mir in diversen Leben ziemlich oft die Suppe versalzen hast. Aber auch ich war anscheinend nicht immer ein Musterknabe und habe dir zwischendurch mal ein bisschen das Leben schwer gemacht. Naja, wie dem auch sei, das Leben ist halt nicht immer ein Wunschkonzert. Aber schlussendlich hat das ganze Theater ja seinen Zweck erfüllt, wenn wir beide etwas daraus gelernt haben und uns dadurch weiterentwickeln konnten. Jedenfalls möchte ich mich hiermit für alles bei dir entschuldigen. Abgesehen davon, vergebe ich dir all das Schlechte, das du mir jemals angetan hast. Als symbolische Friedenspfeife soll unser Handschlag gelten. Einverstanden?»

Meggido starrte Orion mit ausdruckslosem Blick an. Nach einer gefühlten Ewigkeit streckte er ihm schliesslich seine klobige Hand entgegen und willigte in den Handschlag ein. Ein brummiges «Einverstanden» war alles, was er über die Lippen brachte. Doch diese simple, versöhnliche Geste wirkte wahre Wunder. Auf der energetischen Ebene wurden per sofort sämtliche karmischen Verknüpfungen und seelischen Verträge gelöscht, welche die beiden bis jetzt schicksalsmässig aneinandergebunden hatten. Kurz darauf löste sich Meggido buchstäblich in Luft auf und verschwand für immer von der Bildfläche.

«Nach diesem historischen Wendepunkt werden von nun an auch alle zukünftigen Leben von Meggido harmonischer verlaufen», erklärte Sardonyx zufrieden. «Er muss jetzt nicht mehr die Rolle vom Bösewicht spielen.»

Auch Orion, der immer noch fassungslos mitten im legendären Steinkreis von Stonehenge stand, fühlte sich auf einmal unendlich erleichtert.

«Boaah, ich habe das Gefühl, dass mir gerade ein riesiger Stein vom Herzen gefallen ist», atmete er befreit auf. «Symbolisch gesehen ist dieser steinige Ort hier absolut perfekt, um alten Ballast loszuwerden. Das habt ihr ja ganz schön clever arrangiert.»

«Das Universum arrangiert immer alles ganz schön clever», lächelte Dana und gab ihrem Schützling spontan ein Küsschen auf die Wange. «Herzliche Gratulation, du hast es geschafft. Dein Energiefeld ist nun komplett von allen irdischen Verschmutzungen gereinigt. Das heisst, ab sofort bist du vom Rad der Wiedergeburt befreit.»

«Willkommen im Klub, Kumpel», ergänzte Sardonyx mit seinem wie üblich trockenen Humor. «Jetzt hast du ebenfalls ein Rad ab.»

«Oh Mann, ein Rad ab UND dazu noch eine Schraube locker», lachte Orion übermütig, «das kann ja heiter werden.»

Jetzt, wo die bleierne Schwere des irdischen Daseins allmählich von ihm fiel wie eine abgenutzte Ritterrüstung, fühlte er sich in der Tat wie neugeboren.

Doch bevor Orion in seiner neu gewonnenen Leichtigkeit noch komplett abheben und wie ein Luftballon davonschweben konnte, holte ihn Dana in kluger Voraussicht schnell wieder auf den Boden der Tatsachen zurück.

«Mein lieber Orion», sagte sie mit friedvollem Lächeln und zugleich tiefem Ernst, «bitte vergiss trotz deiner momentanen Euphorie eines nicht: Übermut tut selten gut. Das heisst, nur weil du nun beinahe am Ziel deiner irdischen Reise angekommen bist, solltest du dennoch nicht den Boden unter den Füssen verlieren. Du hast jetzt zwar den Kreis der karmischen Bindungen durchbrochen und den mühsamen Weg des weltlichen Lernens hinter dir. Ebenso hast du dein Ego überwunden, so dass deine rein persönlichen Angelegenheiten von nun an absolut bedeutungslos sein werden, wie du bald feststellen wirst. Dennoch liegen, in linearer Zeit gemessen, immer noch ein paar Jahrzehnte Lebenszeit vor dir. Erst danach kannst du dich von diesem Planeten endgültig verabschieden.»

Darauf legte Dana eine kurze Sprechpause ein, ehe sie mit mahnender Stimme weitererzählte: «Sei dir deshalb stets bewusst, dass es trotz allem auch weiterhin überall Fallgruben geben wird, die dich in deiner seelischen Entwicklung zurückwerfen können. Die niedere Natur des Menschen ist erst dann vollkommen besiegt, wenn er zu jedem Zeitpunkt ein achtsamer Meister der Selbstbeherrschung ist. Deine Verantwortung, für den Rest deines Lebens ein leuchtendes Vorbild für die Menschen in deinem Umfeld zu sein, ist jetzt also umso grösser.»

«Verstanden», antwortete Orion in gespielt barschem Tonfall, während er sich stramm wie ein Soldat vor Dana hinstellte und dazu militärisch salutierte.

«Sehr gut», salutierte sie ebenso zackig zurück, «somit erkläre ich das Schlussgespräch offiziell für beendet und du, mein tapferer Soldat Orion, bist aus dem Dienst entlassen. Die verbleibende Zeit auf dem Planeten Erde steht dir ab sofort zur freien Verfügung.»

Sardonyx, der das ganze Gespräch aufmerksam mitangehört hatte, konnte sich auch diesmal einen spasshaften Kommentar nicht verkneifen.

«Und auch nach der Entlassung gilt: Bei allfälligen Risiken oder Nebenwirkungen lesen sie bitte die Packungsbeilage oder fragen sie ihren Arzt oder Apotheker», brummelte er amüsiert in seinen Bart. «Wobei du die Risiken und Nebenwirkungen, die ein irdischer Inkarnationszyklus so mit sich bringt, mittlerweile ja zur Genüge kennst, nicht wahr?»

«Oh ja», stimmte ihm Orion kopfnickend zu, «eine Anleitung für das Leben brauche ich jetzt wohl nicht mehr. Es sei denn, ihr lässt mich jetzt einfach hier stehen und ich finde den Heimweg nicht, so dass ich für immer hier in der Vergangenheit festsitze.»

«Keine Angst, so fies sind wir nun doch wieder nicht», erwiderte Dana kichernd. «Ich werde dich nämlich höchstpersönlich nach Hause begleiten. Mein hübsches, kleines Zeitmaschinen-Ufo, mit dem du ja bereits schon Bekanntschaft geschlossen hast, befindet sich gleich da vorne auf dem offiziellen Start- und Landeplatz.»

«Sachen gibt's», meinte Orion achselzuckend, «eine Landebahn für ausserirdische Flugobjekte. Und das erst noch im altertümlichen Stonehenge.»

Dann packte er seine Geschenke ein und umarmte den sanftmütigen Witzbold Sardonyx herzlich zum Abschied.

«Mach's gut, altes Haus», seufzte Orion wehmütig, «vielen Dank für alles. Ausserdem hoffe ich doch sehr, dass wir uns eines schönen Tages irgendwo wiedersehen.»

«Keine Sorge, da kannst du dir sicher sein», versprach Sardonyx augenzwinkernd. «Und dann geht das kosmische Abenteuer erst richtig los.»

«Aber zuerst müssen wir dich jetzt erst einmal sicher zurück nach Hause bringen», sagte Dana mit erhobenem Zeigefinger, «danach sehen wir weiter.»

So kam es, dass Orion wenig später zum zweiten Mal innert kürzester Zeit im privaten Mini-Ufo seiner plejadischen Reisebegleiterin Platz nehmen durfte. Während Dana im Cockpit der ovalförmigen Flugscheibe den Computer programmierte, erklärte sie beiläufig ein paar Einzelheiten dazu.

«Darf ich vorstellen? Das ist mein hochintelligenter Bordcomputer Namens Victor. Diverse Sensoren sowie ein eingebauter Sprachprozessor ermöglichen es, direkt mit ihm zu kommunizieren. Ausserdem ist Victor so fortschrittlich, dass er sogar auf meine persönlichen Gefühle reagiert, weil er meine Hirnströme lesen kann. Das heisst, er würde zum Beispiel automatisch Alarm auslösen und meine Heimbasis informieren, wenn er merkt, dass es mir nicht gut geht.»

«Dieser Victor scheint ja ein wahres Wunderding der Technik zu sein», meinte Orion verblüfft. «Kann der auch Witze erzählen, um dich in einsamen Stunden etwas aufzuheitern?»

«Aber natürlich, ich kann mit ihm sprechen, als wäre er ein reales Lebewesen», erklärte Dana. «Der einzige Unterschied ist, dass er keine natürliche Seele besitzt. Schlussendlich ist und bleibt er trotz dem enormen Mass an künstlicher Intelligenz ein mechanischer Roboter.»

«He, ich bin kein seelenloser Roboter», protestierte Victor energisch, «sondern ein kluger, gut erzogener Helfer, der stets zu deinen Diensten ist.»

«Na siehst du», lachte Dana laut auf, «dieser ulkige Kerl hat sogar seinen ganz eigenen Sinn für Humor. So ähnlich wie Sardonyx.»

Inzwischen hatte der humorvolle Bordcomputer die genaue Reiseroute komplett berechnet.

«Wir müssen mit dem Startvorgang noch exakt drei Minuten und elf Sekunden warten», plauderte Victor munter drauflos. «Erst dann wirkt die Gravitationskraft stark genug auf die sich ständig verändernde Raum-Zeit-Struktur ein, so dass wir uns in die gewünschte, parallele Zeitlinie einklinken können. Verstehst du, Orion?»

«Oh ... ähem ... ja, natürlich, Victor», antwortete Orion völlig überrumpelt. «Ist doch völlig logisch, oder? Solche Dinge lernen wir bei uns schon in der Grundschule.»

«Sehr schön», kam die prompte Antwort des intelligenten Computers, «in dem Fall kannst du ja noch schnell den Rest programmieren. Das ist kinderleicht. Du musst nur noch die sich überlagernden Zeitebenen in Bezug zur gewünschten Zeitverformung stellen, bevor du die magnetischen Kraftfelder ...»

«... okay, okay, mein lieber Victor», winkte Orion lachend ab, «ich geb's ja zu, du hast mich erwischt. In Wirklichkeit habe ich natürlich keinen blassen Schimmer von dem ganzen technischen Kram. Aber egal, jetzt sind die drei Minuten ja sowieso gleich abgelaufen.»

«Du hast recht», schmunzelte Dana vergnügt, «dann verschieben wir die Theorieprüfung für interdimensionale Zeitreisen auf das nächste Mal. Auf geht's, machen wir einen Abflug.»

Wie von Victor berechnet, startete das Ufo schliesslich auf die Sekunde genau im antiken Stonehenge. Zunächst ging es ungefähr hundert Meter senkrecht in den wolkigen Himmel hinauf, bis die optimale Höhe erreicht war, um sich in die Matrix der gewünschten Flugroute einzuklinken. Dann drückte Dana auf den grünen Aktivierungsknopf, und kurz darauf sauste das silberne Flugobjekt mit unvorstellbarer Geschwindigkeit durch Zeit und Raum.

Auch dieses Mal verlor Orion wieder das Bewusstsein, da so eine Reise für normalsterbliche Wesen ganz einfach zu viel des Guten ist. Als er wieder aufwachte, befand er sich zu Hause in seinem Garten, und zwar auf einem Liegestuhl. Die warme Morgensonne schien ihm freundlich auf den Bauch und die Vögel auf den Bäumen begrüssten den neuen Tag mit ihrem fröhlichen Gezwitscher. Orion benötigte jedoch ein paar Minuten, bis er wieder richtig bei Sinnen war. Gerade in dem Moment, als er sich fragte, ob er das jetzt alles geträumt hatte oder nicht, entdeckte er unter seinem Kopf einen kleinen Zettel. Darauf standen folgende Worte geschrieben:

*Mein lieber Orion. In diesem Leben wird aus dir wohl kein Astronaut mehr werden. Aber ich hoffe, dass du dich trotzdem gut erholst von dieser kleinen Zeitreise. Es wird noch eine Weile dauern, bis du dich komplett von der grossen Illusion des Lebens in der dreidimensionalen Welt gelöst hast. Lasse dich von den Menschen um dich herum nicht verunsichern, denn sie haben nicht dieselben Erfahrungen gemacht wie du und dementsprechend eine stark limitierte Weltsicht. Die kurzen Einblicke in andere Realitäten, die du erhaschen durftest, haben deinen geistigen Horizont enorm erweitert. Doch auch wenn all diese fantastischen Abenteuer, die du erlebt hast, für gewöhnliche Leute schon weit ausserhalb ihres Vorstellungsvermögens liegen, denk immer daran: Selbst das, was du gesehen hast, ist noch nicht einmal ein Bruchteil von allen Welten und Dimensionen, die in sämtlichen Universen existieren. Bleib also stets bescheiden und demütig der Natur und den Menschen gegenüber. Denn wir alle wissen ja bestens, wohin uns die blinde Arroganz der Menschheit mit ihrer unstillbaren Gier nach materiellen Dingen geführt hat. Es ist aber stets der Geist, der die Materie formt, und nicht umgekehrt. In Liebe, Dana. Viele Grüsse auch von Mister Superhirn, meinem geschätzten Assistenten Victor.*

Kaum hatte Orion die Botschaft zu Ende gelesen, löste sich das Blatt, das aus einem ihm unbekannten Material bestand, buchstäblich in Luft auf. Erstaunt und überrascht zugleich starrte Orion eine ganze Minute lang wie gebannt auf seine Hände, in denen er eben noch diesen eigenartigen Zettel gehalten hatte. Erst dann realisierte er allmählich, dass diese Worte offensichtlich nur für ihn persönlich bestimmt waren.

«Typisch Dana», dachte er, während ein wehmütiges Lächeln über sein Gesicht huschte, «ich vermisse sie jetzt schon. Genauso wie all die anderen Freunde aus der kosmischen Familie, mit denen ich Bekanntschaft schliessen durfte. Aber so wie es aussieht, bin ich ab jetzt wieder auf mich allein gestellt.»

Mit einem tiefen Seufzer legte sich Orion nochmals auf den bequemen Liegestuhl in seinem Garten und blickte nachdenklich in den leicht bewölkten, hellblauen Morgenhimmel. Plötzlich sah er weit oben ein ovales, silbernes Etwas, das sich mit hoher Geschwindigkeit im Zickzack-Kurs hin und her bewegte. Bei genauem Hinschauen bemerkte er, dass dieses unbekannte Flugobjekt am Himmel eine regenbogenfarbene Acht, das symbolische Zeichen für die Ewigkeit, hinterliess.

«Mach's gut, meine plejadische Gefährtin», murmelte er leise vor sich hin, «und danke dafür, dass du mich gelehrt hast, an Wunder zu glauben. Das Universum ist im wahrsten Sinne des Wortes wundervoll.»

Dann fielen ihm vor Müdigkeit auf einmal die Augen zu und Orion döste friedlich ein, während ihn eine angenehm sanfte Brise umwehte, als wollte sie sagen: «Entspanne dich und lass all den alten Ballast los, mein Freund. In der Ruhe liegt die Kraft. Und Kraft wirst du noch genug brauchen. Denn wie du weisst, markiert das Ende des grossen Werks lediglich den Anfang der ewig dauernden, kosmischen Reise der Seele.»

# Die fantastisch galaktische
# Milchstrassen-Show

Während den nächsten paar Monaten zog sich Orion, so gut es ging, von der Gesellschaft zurück, um sich voll und ganz auf seine selbst auferlegte Aufgabe zu konzentrieren. Und zwar wollte er einfach nur heilende Musik komponieren, basierend auf dem mysteriösen Planetenklangsystem, um der verstörten Menschheit zumindest etwas Linderung zu verschaffen. Denn ganz offensichtlich verkümmerten die Seelen vieler Menschen immer mehr in dieser klinisch sterilen, zubetonierten Welt. Die geistige Versklavung der Bevölkerung durch verlogene Massenmedien, Smartphones, krankmachender Industrienahrung sowie unbeschreiblich stumpfsinnigen Fernsehsendungen – ganz zu schweigen von der noch viel stumpfsinnigeren Radiomusik – hatte mittlerweile geradezu erschreckende Ausmasse angenommen. Der normale Durchschnittsbürger kompensierte seine Ratlosigkeit jedoch lieber mit allerlei von der Unterhaltungsindustrie angebotenen Ablenkungen, anstatt sich ernsthaft mit dem tieferen Sinn des menschlichen Lebens auseinanderzusetzen. So vegetierten viele Menschen auf diesem Planeten ihr ganzes Leben lang in einer Art trüben Seifenblase vor sich hin, ohne jemals auch nur auf den Gedanken zu kommen, dass sie in einer künstlich erzeugten, trostlosen Illusion lebten.

Aus diesem Grund war Orion schon seit geraumer

Zeit vom innigen Wunsch beseelt, den hilfesuchenden Leuten eine Alternative anzubieten. Obwohl er weder ein Diplom in Musikwissenschaft besass noch sonst irgendwelche therapeutischen Erfahrungen vorweisen konnte, wuchs er allmählich immer mehr in seine neue Rolle als eine Art Lebensberater hinein. So ergab es sich schliesslich, dass Orion auf völlig natürliche Weise seine wahre Berufung fand, in der er seine individuellen Begabungen im Dienste der Menschen entfalten konnte. Endlich war es ihm möglich, sein eigenes Ding zu machen. Nun war er nicht mehr dazu gezwungen, seine wertvolle Lebenszeit damit zu verschwenden, indem er für irgendeine profitorientierte Firma arbeitete, wo er jeden Tag rein mechanisch seinen achtstündigen Arbeitsalltag abspulen musste. Und das alles nur, um finanziell einigermassen über die Runden zu kommen in diesem morschen, schon längst nicht mehr zeitgemässen Wirtschaftssystem.

Das alles hatte Orion nun glücklicherweise hinter sich gelassen. Stattdessen war er nun plötzlich selbstständiger Klangtherapeut, Erfinder und Künstler in einer Person. Es dauerte nicht lange, bis sich seine vielfältigen Talente und vor allem seine von hohen Idealen geprägte, ethische Arbeitsweise herumgesprochen hatten. Schon bald darauf eröffneten sich wie durch ein Wunder bisher völlig ungeahnte, neue Möglichkeiten. Und auf der, bildlich gesprochen, frisch herausgeputzten Lebensbühne von Orion erschienen auf einmal die verrücktesten Gestalten. Einer dieser verrückten Leute nannte sich selber Clavius, analog dem Mondkrater, der wiederum nach dem deutschen Astronomen Christophorus Clavius benannt wurde. Der neuzeitliche Clavius war wie sein Vorbild ebenfalls ein hochbegabter Astronom und Erfinder, zugleich aber auch ein durchgeknallter Freak. Der Grat zwischen Genie und Wahnsinn verlief bei ihm jedenfalls ziemlich schmal.

Eines schönen Morgens erhielt Orion einen handgeschriebenen Brief von eben jenem äusserst liebenswürdigen Mann, der so etwas wie der kauzige Rockstar unter den Wissenschaftlern war. Da er mit seinen wild zerzausten Haaren, dem langen weissen Bart sowie einer markant grossen Brille auch optisch nicht gerade dem Bild des modebewussten, konventionellen Forschers entsprach, hatte ihm ein vorwitziger Journalist einst den nicht gerade sonderlich schmeichelhaften Kosenamen *Waldkauz* verpasst. Seitdem war Clavius in der Öffentlichkeit eher als leicht verpeilter Waldkauz bekannt. Von den einen belächelt und als Spinner abgetan, von den anderen bewundert und als mutiger Vordenker und Pionier gefeiert. Denn im Gegensatz zu den meisten von seinen langweiligen Wissenschaftlerkollegen, die ihre Forschungen auf dem wackligen Fundament ihres materialistisch dreidimensionalen Weltbildes aufbauten, besass Clavius genauso wie Orion eine stark erweiterte, multidimensionale Wahrnehmung. Das heisst, er bezog die übergeordneten, kosmischen Zusammenhänge stets in seine Arbeit mit ein.

Auf jeden Fall wollte Clavius unbedingt ein gemeinsames Projekt mit Orion durchführen. Und zwar ging es darum, Kunst, Wissenschaft und Musik zu einem harmonischen Ganzen zusammenzufügen. Dem aussergewöhnlichen Tüftler schwebte diese Idee schon lange vor, und er war sich sicher, dass Orion der geeignete Partner war, um dieses grosse Werk endlich in die Tat umzusetzen. Orion war natürlich sofort Feuer und Flamme für solch ein gewagtes Vorhaben. Also beschlossen die beiden Freigeister spontan, gemeinsame Sache zu machen. Somit stand dem ambitiösen *Projekt Milchstrasse* nichts mehr im Wege.

### *Zeitsprung: ein Jahr später*

Das grösste Sportstadion der Stadt war bis auf den letzten Platz gefüllt. Ungefähr zwanzigtausend neugierige Menschen waren gekommen, um die Premiere der gross angekündigten *Milky Way-Show* mit eigenen Augen zu sehen. Zum Auftakt wurde mittels modernster Technik ein zauberhaft glitzernder Sternenhimmel in die abgedunkelte Halle projiziert, und zwar in dreidimensionaler Form. Dadurch wurde den Zuschauern das prickelnde Gefühl vermittelt, dass sie sich gerade im Cockpit eines gigantischen Raumschiffes mitten im Weltall befänden. Als musikalische Untermalung lief dazu sphärische Musik, die Orion höchstpersönlich für diesen Anlass komponiert hatte. Gleichzeitig wurde auf einer riesigen Kinoleinwand die unbeschreibliche Schönheit und Farbenpracht von verschiedenen, spiralförmigen Galaxien gezeigt, welche unsere Milchstrasse durchziehen. Selbstverständlich durften auch Bilder vom berühmtesten und hellsten Nebel am Nachthimmel, dem rosa-violetten Orionnebel, nicht fehlen.

Während den ersten zehn Minuten wurde die staunende Menge mit dieser atemberaubenden Mischung aus visuellen Elementen sowie akustischen Sinneseindrücken buchstäblich in einen höheren Bewusstseinszustand versetzt. Die meisten Zuschauer liessen diese magische Fantasiereise mit verträumtem Blick und seligem Gesichtsausdruck auf sich wirken, andere wischten sich verstohlen ein paar Tränchen der Rührung aus den Augen. Auf jeden Fall wurden alle in irgendeiner Weise von diesem überwältigenden Erlebnis berührt. Nach dieser bombastischen Ouvertüre sollte gemäss Plan eigentlich ein international bekanntes Sinfonieorchester zusammen mit dem lokalen Kinderchor den grossen Auftritt haben. Gleichzeitig würde dazu ein nachgebautes Ufo mit blinkenden Lichtern von der Hallendecke hinab schweben und mitten auf der Bühne landen. Aber wie so oft im Leben, kam auch diesmal wieder alles komplett anders als geplant.

Während von den Technikern gerade der königlich blaue Sternhaufen der Plejaden in die Halle projiziert wurde, passierte auf einmal etwas Unerwartetes. Anstelle des von Menschen rekonstruierten Pseudo-Ufos tauchte plötzlich ein anderes Gefährt auf, das sich offenbar völlig problemlos durch die geschlossene Decke des Stadions geschleust hatte. Die ahnungslosen Zuschauer dachten natürlich, dass es sich bei dieser spektakulären Landung um eine geplante Showeinlage handelte. Doch aufgrund der überirdisch mächtigen, lichtvollen Energie, die vom langsam durch die Halle schwebenden Ufo ausstrahlte, wurde jedem Anwesenden bald klar, dass es sich hierbei wohl um eine echte Sensation handeln musste.

Wenig später landete das fremdartige Gefährt tatsächlich mitten auf der grossen Bühne. Und zwar direkt vor den Musikern des Sinfonieorchesters, die vor lauter Staunen aufgehört hatten zu spielen. Nun herrschte auf einmal absolute Stille im ganzen Stadion. Die Leute in den Zuschauerreihen hielten vor Aufregung buchstäblich den Atem an, und man konnte die Luft fast knistern hören, so gespannt war die Atmosphäre. Nachdem die bunt blinkenden Lichter sowie der leise Summton der ovalen Flugscheibe schliesslich ausgeschaltet waren, öffnete sich im unteren Teil eine Luke. Darauf wurde völlig geräuschlos eine kleine Treppe ausgefahren. Die Menschenmenge platzte jetzt fast vor Neugier, denn alle waren sich bewusst, dass sie hier gerade Augenzeugen von einem absoluten Meilenstein in der Geschichte der modernen Menschheit wurden.

Dann war es endlich so weit. Aus dem Bauch der fliegenden Untertasse traten nacheinander mehrere Gestalten, genauer gesagt ein Dutzend. Dabei handelte es sich je um einen Vertreter, beziehungsweise eine Vertreterin der verschiedenen Sternenvölker aus der Milchstrasse. Selbstverständlich gibt es noch unzählige andere Völker, aber diese zwölf Sternenfamilien hatten die Erde einst in friedlicher Absicht besiedelt. Das alles geschah jedoch vor langer Zeit, als die Kontinente von Lemurien und Atlantis noch hochentwickelte Zivilisationen beheimateten. Und nun, nach so vielen Jahrtausenden, fanden an diesem denkwürdigen Abend all jene Sternenvölker wieder zusammen, die das Projekt Erde einst gemeinsam begonnen hatten.

Nebst den üblichen Verdächtigen von den etwas bekannteren Sternensystemen, wie Sirius, Andromeda, Arcturus und natürlich den Plejaden, waren diesmal auch Vertreter von weniger bekannten Sternennationen gekommen. Dabei handelte es sich neben einigen anderen zum Beispiel um Wesen von Alpha Aries sowie die universellen Friedensstifter von Epsilon Eridani. Nicht zu vergessen die kosmischen Beschützer vom Sternhaufen Orion – von deren Linie Orion ursprünglich abstammte. Mit königlicher Würde stieg einer nach dem anderen schliesslich aus dem kleinen Raumschiff. Danach stellten sich die zwölf Besucher aus dem Weltraum im Halbkreis auf, so dass jeder im Publikum sie gut sehen konnte. Ausserdem wurde das ganze Spektakel parallel dazu auch auf der Grossleinwand im Hintergrund übertragen.

Ein bisschen weiter hinten, am Bühnenrand, standen Orion und Clavius, die sich gegenseitig mit fragendem Blick anschauten. Natürlich hatten die beiden Organisatoren und Erfinder der grossen *Milchstrassen-Show* keinen blassen Schimmer, was das jetzt wieder zu bedeuten hatte. Denn wer rechnet schon ernsthaft damit, dass bei einem von langer Hand geplanten, perfekt organisierten Anlass plötzlich alles aus dem Ruder läuft? Aber jetzt war es halt eben so und nun hiess es, bei dieser plötzlich zum Improvisationstheater gewordenen Show so gut wie möglich mitzuspielen.

Dann, als sich alle Vertreter der zwölf verschiedenen Sternenvölker friedlich vor dem Ufo versammelt hatten, schlüpfte auf einmal noch eine weitere Gestalt durch die kleine Ausstiegsluke. Dabei handelte es sich um niemand Geringeren als Sardonyx, den kosmischen Meister aller Klassen. Lässig und humorvoll wie immer spazierte er gemütlich auf die Bühne und winkte den zwanzigtausend Menschen gutmütig lächelnd zu. Im Vorbeiweg schnappte er sich von einem der Orchester-Typen spontan ein Mikrofon, damit ihn auch alle Anwesenden gut hören konnten.

«Liebe Erdenmenschen», begann er seine improvisierte Rede souverän, «im Namen der *Galaktischen Föderation des Lichts* möchte ich mich für die kurze Unterbrechung der grossartigen Milchstrassen-Show entschuldigen. Wir haben uns halt gedacht, dass dieser Anlass der perfekte Zeitpunkt wäre, um euch endlich mal einen offiziellen Besuch abzustatten.»

In der Halle war es nach wie vor mucksmäuschenstill. Nach einer kurzen Pause fuhr Sardonyx mit ruhiger Stimme fort.

«Wie ihr sicherlich schon gemerkt habt, kommen wir in friedlicher Absicht. Die Botschaft, die wir euch überbringen möchten, lautet wie folgt: Es ist nun definitiv an der Zeit für die Menschen, endlich aus dem geistigen Tiefschlaf aufzuwachen. Wie ihr gerade mit eigenen Augen seht, gibt es tatsächlich weitaus mehr Dinge in diesem Universum, als sich der gewöhnliche Durchschnittsmensch mit seinem dreidimensionalen Denken vorstellen kann. Bitte schaut euch diese zwölf lichtvollen Wesen hier gut an.»

Mit einer galanten Handbewegung zeigte Sardonyx auf seine Freunde, die immer noch in würdevoller Ruhe im Halbkreis vor dem Raumschiff standen.

«Jeder Einzelne von ihnen stammt ursprünglich von einem anderen Planeten unserer Milchstrasse, und trotzdem sind wir so etwas wie eine grosse Familie. In nicht allzu ferner Zukunft wird die Bevölkerung der Erde ebenfalls wieder zu dieser kosmischen Familie gehören. Ich sage bewusst *wieder*, denn momentan können sich die meisten Menschen aus verschiedenen Gründen leider nicht mehr an ihren wahren Ursprung erinnern. Und dieser ist ohnehin nicht auf der Erde zu finden. Vor langer Zeit ist die Menschheit in den Sog von äusserst dunklen Machtspielen geraten, der sich wie eine ansteckende Krankheit ausgebreitet hat. Doch nun sind wir gekommen, um euch eine wahrhaft frohe Nachricht zu überbringen.»

Sardonyx hielt kurz inne und atmete einmal tief durch, damit die folgenden Worte ihre Wirkung auch richtig entfalten konnten.

«Wie einige schon gemerkt haben, ist das neue Zeitalter bereits angebrochen. Das heisst, das gigantische und vor allem einzigartige Projekt, bei dem es im wahrsten Sinne des Wortes um den Aufbau einer neuen Erde geht, ist seit einigen Jahren in vollem Gange. Auch wenn es zurzeit so aussieht, als ob die Welt komplett aus den Fugen geraten sei, dann lasst mich euch folgendes mitteilen: Das gehört alles zum grossen, göttlichen Plan. Die Gesellschaft der Zukunft wird nach so vielen Jahrtausenden der geistigen Gefangenschaft endlich wieder frei sein. Sämtliche Völker der Erde sowie des gesamten Universums werden friedlich miteinander zusammenleben und sich gegenseitig mit ihrem jeweiligen Wissen bereichern. Jawohl, es werden sich wundersame Dinge ereignen, von denen ihr momentan noch nicht einmal zu träumen wagt. Das, was jetzt gerade stattfindet, ist lediglich ein erster Vorgeschmack von dem, was noch folgen wird.»

Nach dieser überaus hoffnungsvollen Rede war der redselige Sardonyx eigentlich erst so richtig in Fahrt gekommen. Aber er wusste natürlich, dass er die Leute bei diesem ersten Treffen nicht mit allzu vielen Informationen auf einmal überfordern durfte. Denn die meisten waren sowieso schon dermassen überrumpelt von diesem unerwarteten Ereignis, dass sie das alles erst einmal richtig verdauen mussten. Dennoch fügte der sympathische Botschafter aus einer fernen Welt noch eine abschliessende Bemerkung hinzu.

«Bevor wir uns nach dieser kurzen Präsentation wieder aus dem Staub machen, möchte ich mich persönlich noch bei meinem ehrenwerten Freund und Schüler Orion bedanken. Wie du siehst, mein Lieber, hast du dein ganz persönliches grosses Werk nun also doch noch vollendet. Manchmal ist das Leben trotz allen Entbehrungen und Anstrengungen halt doch irgendwie magisch, oder?»

Dabei zwinkerte er Orion schelmisch zu, der immer noch fassungslos hinten am Bühnenrand kauerte. Doch bevor er überhaupt reagieren konnte, war die bunte Truppe aus dem Weltall bereits wieder in ihr Raumschiff eingestiegen. Kurz darauf gab es im Saal eine grelle, jedoch lautlose Lichtexplosion, und einen Augenblick später war das Ufo plötzlich verschwunden. Im ersten Moment wussten weder die Zuschauer noch die Organisatoren, ob sie das jetzt gerade geträumt hatten oder ob das alles tatsächlich passiert war. Trotz dieses überraschenden Zwischenfalls beschlossen Orion und Clavius jedoch einstimmig, die Show wie geplant bis zum Ende fortzuführen.

Natürlich konnte niemand wissen, dass sie an diesem Abend nicht nur menschliche Zuschauer hatten, sondern auch unzählige hocherfreute Bewunderer aus diversen anderen Welten. Denn in Wirklichkeit hatte sich die halbe kosmische Nachbarschaft von der Milchstrasse in Erdnähe versammelt, um der gross angekündigten Milchstrassen-Show aus der Ferne beizuwohnen. In ihren riesigen Mutterschiffen schaute sich die kosmische Familie gemeinsam auf ebenso riesigen Bildschirmen die Liveübertragung von der Erde an. Tja, auch sogenannte Ausserirdische wollen ab und zu schliesslich mal ein bisschen Spass haben. Und was gibt es schon Unterhaltsameres, als ein paar verrückte Menschenkinder zu beobachten wie sie – bildlich gesprochen – im Sandkasten für grosse Kinder, genannt Erde, das Spiel des Lebens spielen?

# Autor

Roger Kappeler erkannte bereits in der Schulzeit, dass seine blühende Fantasie bisweilen mit ihm durchgeht. Das Schreiben fiel ihm nie besonders schwer. Während einer sechsmonatigen Indienreise entstanden erste Ideen, aus denen schließlich die Starchild-Terry-Geschichten hervorgingen.

Wie viele Autoren stand auch er vor der Wahl, sich anzupassen oder bei dem zu bleiben, was ihn als individuellen Autor auszeichnet. Er entschied sich – wie sollte es anders sein – für die Individualität und riskierte damit, dass manche Leser seine Werke zerreißen würden, hoffte jedoch, dass die auf seine Merkmale abgestimmte Lesergruppe größer wird und ihm treu bleibt, solange er sich selbst treu bleibt.

Seine Zeilen sind gepaart mit humoristischem, zuweilen flapsigem, der Alltagssprache entlehntem Stil, welcher das stetige Element aller seiner Geschichten darstellt, aber natürlich auch substanzielle Themen des Lebens und Gedanken enthält.

**Auf www.rogerkappeler.ch findet ihr mehr über Rogers Fantasy-Geschichten.**

# Bisher von Roger Kappeler erschienen

(die neusten Bücher zuerst)

Freiheitliche Kurzgeschichten (4. Sammelband)
Kurzgeschichten für stürmische Zeiten
  (3. Sammelband)
Ein magischer Zaubertopf voller Kurzgeschichten
  (2. Sammelband)
22 (und eine halbe) fantastische Kurzgeschichten
  (1. Sammelband)
Autobiographie aus dem Jenseits
Das grosse Werk (Neuauflage 2024)
Anubis – Allein gegen die neue Weltordnung
Delia – Zwischen den Welten (Neuauflage 2024)
Der Fluss des Lebens (Neuauflage 2024)
Die Pforte von Nebadon (Neuauflage 2024)
Zürich – magic happens (Neuauflage 2024)
Hasret – Lady in Black (Neuauflage 2024)
Mein letzter Tag auf der Erde (Neuauflage 2024)
Das ewige Abenteuer (Neuauflage 2024)
Starchild Terry II – Melinda
Starchild Terry

Als E-Books & Taschenbücher erhältlich,
mehr Infos auf

**www.rogerkappeler.ch**